CW01551639

Mauve

Marie Desplechin

Mauve

Neuf
l'école des loisirs
11, rue de Sèvres, Paris 6ᵉ

Mauve est la suite de *Verte* et de *Pome*

© 2014, l'école des loisirs, Paris
Loi n° 49.956 du 16 juillet 1949 sur les publications
destinées à la jeunesse : septembre 2014
Dépôt légal : mars 2015
Imprimé en France par CPI Firmin Didot
à Mesnil-sur-l'Estrée (127957)

ISBN 978-2-211-22068-2

À
Raphaël Cordier,
Anna Zachmann,
Karolina Botosova,
avec tendresse.

RAY

Pome s'est assise dans le canapé. Je buvais mon café, dans mon fauteuil, comme j'ai l'habitude de le faire après le déjeuner. Je suivais d'un œil distrait la fin du journal télévisé. Après les nouvelles catastrophiques du jour, désastres économiques, militaires et écologiques, un type enthousiaste présentait le gagnant du concours des Villages fleuris. C'était comme le dessert après les épinards, une consolation sucrée. Il fallait voir tous ces braves gens suspendre à leurs fenêtres des marmites débordantes de géraniums et planter des pétunias obèses dans des bacs en béton... Voilà qui redonnait confiance dans l'humanité ! Quelqu'un qui a passé, comme moi, toute sa carrière dans la police finit par avoir des doutes. On en voit de toutes les couleurs dans les commissariats, et rarement dans la gamme pastel. Les caractères fragiles ont vite fait de se laisser gagner par la tristesse et le désenchantement. Mais je suis un gars solide. J'ai tenu bon. Mon fils Gérard m'a souvent reproché de manquer de sensibilité, et même d'imagination. Une manière comme une autre de me dire qu'il me prend pour une brute. Une brute, c'est quand même exagéré. Car enfin… si je suis raide, je ne suis pas méchant. Mais à quoi bon me justifier ? La vie est une aventure difficile. Je ne vois pas l'intérêt de la compliquer encore en accordant de l'importance aux reproches des uns et des autres. Non aux reproches, oui aux villages fleuris…

J'en étais là de mes considérations, quand la petite voix de Pome m'a sorti de ma somnolence.

— Ils font semblant devant la caméra, a-t-elle lancé sans quitter des yeux l'écran de la télévision. Ça m'étonnerait qu'ils soient aussi gentils avec leurs voisins qu'avec leurs plantes.

J'ai sursauté.

— Qu'est-ce qui te permet de dire ça ? Moi, je vois de braves gens qui s'adonnent à des occupations pacifiques. Rien à signaler.

Elle est restée silencieuse un moment. Puis elle a dit :

— Tu vois ce que tu vois. Mais tu ne vois pas tout.

Malheureusement mon cerveau était occupé par la digestion. Je n'avais plus un neurone de libre, ils étaient tous tombés dans mon estomac. Si nous avions regardé cette télévision à un moment plus propice, je l'aurais encouragée à me dire ce qu'elle avait sur le cœur. Mais je me suis contenté de grogner :

— Dis donc, toi ! Tu es de bien mauvaise humeur aujourd'hui !

Elle s'est levée du canapé.

— C'est ce qu'ils pensent tous. Tu es bien comme les autres, toi aussi…

Elle a quitté le canapé de la salle à manger et j'ai entendu claquer la porte de l'appartement.

— Tu pourrais dire au revoir ! ai-je crié à la porte fermée.

J'ai pensé que ce n'était pas dans sa manière de filer comme une voleuse ni de claquer les portes. Mais j'ai tout mis sur le compte de l'adolescence. On sait qu'ils ont des sautes d'humeur à cet âge-là. Il faut les prendre en patience.

Du bout de l'index, j'ai ramassé le sucre fondu au fond de ma tasse et je suis retourné à ma télé. Le village fleuri avait laissé place aux spots de publicité, et les pétunias au gel douche. Je me suis endormi pour de bon.

Cette Pome, depuis qu'elle est entrée dans nos vies, c'est un peu comme si j'avais deux petites-filles. Au début, elle accompagnait Verte à la sortie de l'école et restait chez nous jusqu'à l'heure du dîner. Puis je l'ai eue en demi-pension les mercredis, voire en pension complète le week-end. Elle a pris l'habitude de passer même quand Verte était chez sa mère. Elle trouvait toujours une bonne raison de sonner. Elle avait oublié la clé de chez elle, elle avait perdu un livre de classe… Elle s'asseyait dans le canapé et regardait la télévision avec moi. Il lui arrivait de compléter les mots fléchés que Gérard avait laissés de côté.

— Tu n'es pas fâché qu'elle vienne quand je ne suis pas là ? m'a demandé Verte qui sait parfois faire preuve de délicatesse (et je ne dis pas ça parce que je suis son grand-père).

— Pas fâché du tout. Pome, c'est Pome. Mais ne t'avise pas de faire venir n'importe qui…

J'aime la compagnie. La présence de Pome compensait l'absence de Verte. Toutes ces histoires de garde partagée, c'est bien gentil, mais qui a pensé à la mélancolie des grands-pères quand leurs petits-enfants sont dans l'autre famille ? Cette petite Pome, pour moi, c'était un réconfort.

J'avais aussi le sentiment bien agréable de rendre service. Cette gamine n'a pas une famille facile, si l'on peut appeler famille l'espèce de dingue qui lui sert de mère. Je n'ai pourtant jamais raffolé de ma belle-fille Ursule, que je prends pour une demi-folle. (C'est à se demander comment une femme aussi accomplie qu'Anastabotte a pu donner le jour à une pareille furie.) Mais je ne peux pas reprocher à Ursule de négliger sa fille. Elle est sur son dos sans arrêt. Verte n'est jamais assez forte, assez brillante, assez supérieure pour la satisfaire. La mère de Pome, c'est autre chose. Jamais un sourire, jamais un bonjour. Toujours habillée comme l'as de pique, traînant derrière elle un affreux parfum de boue brûlée. Mais surtout, elle ne manifeste pas beaucoup d'intérêt pour la petite. Pas souvent présente chez elle. Et pas très curieuse de ses fréquentations... À sa place (si je peux m'imaginer en mère d'une fille), j'aurais montré un peu de reconnaissance à ceux qui accueillaient mon enfant, l'invitaient à manger, quand ce n'était pas à dormir. Mais non ! La gosse aurait pu dormir chez le diable, c'était la même chose. Quant au père, j'aurais rêvé de lui dire deux mots. S'il y avait un père... Mais on dirait que ce n'est plus à la mode d'avoir un père à la maison. C'est bonjour au revoir et j'espère que je n'ai rien oublié derrière moi. Bref, la gamine était seule avec sa mère, et la mère était Clorinda. Je comprends qu'elle ait eu envie de se réfugier chez nous.

C'est d'autant plus triste qu'elle est gentille. Elle a des qualités de douceur que Verte, avec son petit caractère, ne possède pas. Elles ont trouvé leur petit équilibre et j'ai toujours plaisir à les avoir dans les parages. Même quand elles m'amènent leur copain Soufi, un bon petit gars que je verrais bien pompier ou militaire.

Le vieux limier en moi doit avoir perdu pas mal de son flair, parce qu'après avoir laissé filer la piste de Pome je n'ai détecté aucun indice dans l'attitude de Verte. Le même soir, en rentrant de chez sa mère, elle semblait préoccupée. Habituellement, elle fait partie de cette catégorie de jeunes filles qui n'ont pas besoin d'avoir quelque chose à dire pour le dire. Or elle restait silencieuse. Elle ruminait.

— Qu'est-ce qui ne va pas ?

— Rien.

— Comment ça, rien ?

— Rien, je t'ai dit.

— Tu as vu la tête que tu fais ? Quelque chose à me reprocher, toi aussi ?

— Non. De toute façon, on ne peut pas te parler. Tu ne vois rien, tu ne comprends rien.

— Quoi ? Moi, je ne comprends rien ? Avec tout ce que j'ai fait pour ton père et pour toi ? Qu'est-ce qu'il y a de si important à comprendre, venant d'une gamine mal élevée qui...

Elle a levé les yeux au ciel. Je veux bien qu'on ait des soucis, mais je supporte mal qu'on me manque de respect. C'est peut-être le grand-père qui se révolte, ou le commissaire, ou juste l'homme, mais enfin j'entends qu'on me traite sinon avec déférence, du moins avec politesse.

— Vous vous êtes donné le mot ? Ta copine me claque la porte au nez, et maintenant c'est toi qui me parles comme à un chien ?

— Pome ? Elle était là ?

— Je l'ai accueillie, tu veux dire ! Jusqu'à ce qu'elle prenne la mouche et qu'elle me plante là sans même un au revoir.

— Qu'est-ce que tu lui as dit, encore ?

J'ai vu rouge.

— Je rêve ou tu m'interroges ? C'est moi le flic, ici ! Les questions, c'est moi qui les pose !

Les mots ont sans doute un peu dépassé ma pensée. En tout cas, le résultat ne s'est pas fait attendre. Elle s'est levée, elle est sortie de table et elle s'est claquemurée dans sa chambre. La porte a claqué, bien entendu. Elles vont finir par me les casser, ces portes, les vandales.

Quand Gérard est revenu de l'entraînement, j'étais seul à table.

— Verte n'est pas rentrée ?

— Oh si ! Elle est enfermée dans sa chambre. Et je précise que c'est de sa propre volonté.

Gérard m'a lancé un regard soupçonneux. J'ai vu venir le moment où il allait me parler de mon manque de sensibilité.

— Je n'ai rien fait !

— Je ne t'accuse de rien.

— Encore heureux ! Ces deux gamines sont devenues invivables. On ne peut plus rien leur dire.

— Pome est là aussi ?

— Elle était là. Elle m'a quitté sans au revoir ni explication. Je vais te parler franchement, mon gars : j'en ai plein le dos. Je me demande ce qui me retient de rendre mon tablier…

Tandis que je m'expliquais, Gérard s'est installé à table et il s'est servi. Il a commencé à manger, comme s'il attendait que j'en finisse avec mes plaintes et que je lui fiche la paix.

— Et puis zut! Si c'est tout l'intérêt que tu me portes, moi aussi je fiche le camp!

J'ai pris ma clé sur le buffet et attrapé ma veste au passage. À mon tour de claquer la porte! Moi aussi, je sais le faire! Je reconnais qu'il y a quelque chose d'agréable, quand on est excédé, à quitter les gens sans saluer et à s'en prendre aux portes. Je me suis retrouvé plein d'énergie en bas de l'immeuble. Un peu désorienté aussi... C'est bien joli de se mettre à la porte de chez soi mais qu'est-ce qu'on fait une fois dehors?

Par la fenêtre ouverte de notre appartement, j'ai entendu Gérard constater: «Il n'a même pas dit au revoir...» A suivi le ronronnement très reconnaissable du journal de 20 heures. C'est tout ce qu'il avait trouvé pour se consoler de mon départ: allumer la télé. Il n'a même pas fait semblant de me rattraper. J'étais écœuré. J'ai sorti mon téléphone portable et j'ai appelé Anastabotte.

Dans mon malheur, j'ai eu de la chance : elle était chez elle. Et dans ma chance, j'ai eu une contrariété : elle y était avec Euphronie Arsène. Je trouve sympathique que la nouvelle femme de ma vie (ou la femme de ma nouvelle vie) ait des amies. Mais je déplore que l'une d'elles puisse être Euphronie Arsène, une voisine bavarde, intrusive et plaintive. Je ne sais pas ce qu'Anastabotte, qui est un modèle d'équilibre et de sagesse, peut lui trouver. J'imagine qu'elles se connaissent depuis tant d'années que le temps a tissé entre elles un rideau de complicité qui adoucit l'image qu'elles ont l'une de l'autre. Elles s'enroulent douillettement dans leur passé, se racontent de vieux souvenirs, et parlent de choses incompréhensibles à qui n'est pas elles. Les rares fois où je me suis trouvé en leur compagnie, je n'ai pas fait long feu. J'ai prétexté un emploi du temps chargé et j'ai pris congé. Mais ce soir-là j'avais besoin de réconfort. Je venais de quitter un foyer, je rêvais d'en trouver un autre. J'étais plein d'espoir. Quelle sottise.

On aurait dit que je dérangeais deux personnes en plein chantier. Anastabotte, généralement si soigneuse de sa personne, avait les cheveux poussiéreux et retenus par un chiffon. Elle portait une chasuble informe maculée de traces brunes. Sa voisine était affublée d'un masque de soudure qui, même relevé sur le front, lui donnait un air de savant fou. Quand je suis entré, elles se lavaient les mains à grand renfort d'eau savonneuse.

— Nous étions en train de nettoyer la cave, a lancé Anastabotte.

Je me suis jeté sur cette occasion pour faire accepter ma présence.

— Je vais vous aider !

— Alors là, on va avoir un problème, a murmuré cette toupie d'Euphronie Arsène.

— Merci mon ami, a répondu Anastabotte qui se brossait les ongles avec énergie, mais nous en avons fini. N'est-ce pas, Euphronie ?

Euphronie n'a pas jugé bon de répondre. Elle prenait toute la place dans la cuisine, massive dans le tablier de cuir qu'elle portait par-dessus ses vêtements, le teint rougeaud sous son masque. Je me sentais tout petit, une sensation que j'ai peu éprouvée dans ma vie. J'ai timidement cherché une place où m'asseoir dans la pièce encombrée de marmites recuites et de pots ébréchés. J'ai fini par trouver un tabouret que j'ai essuyé de ma manche avant d'y poser les fesses. Anastabotte s'est assise à côté de moi, elle a passé la main sur son front fatigué et elle m'a souri :

— Qu'est-ce qui se passe chez mon beau-fils ? On est désagréable avec mon bon ami ?

J'ai cru entendre Euphronie se racler la gorge. Soit elle avait envie de cracher, soit elle montrait son mépris.

— Désagréable est un faible mot. J'ai l'impression que quelque chose ne va pas… Les filles sont odieuses. Quant à Gérard, il me traite comme un vieillard débile. J'ai préféré les planter là avant de casser quelque chose. J'ai cherché une meilleure compagnie pour finir la soirée, et voilà mesdames la raison…

Cette fois, Euphronie n'a pas cherché à cacher un ricanement.

— Mais je vous dérange. Je vais vous laisser.

Anastabotte a secoué la tête.

— Reste avec nous. J'ai des biscuits sablés et une bouteille de porto au frais.

— Je n'avais pas l'intention de m'imposer.

— C'est trop tard, a remarqué Euphronie en faisant glisser son casque par-dessus ses cheveux en étoupe. Maintenant que vous y êtes, racontez-nous ce que vous avez observé chez les filles.

Je me suis tourné vers Anastabotte.

— Vous êtes sûres?

— Sûres. Nous avons nous aussi l'intuition que quelque chose ne va pas.

J'ai donc raconté ma petite histoire en sirotant mon porto. Anastabotte et Euphronie m'écoutaient avec une telle attention que je me suis senti honteux de n'avoir que deux vulgaires disputes à leur rapporter. Pourtant, elles ne cessaient de m'interrompre.

— C'est la première fois qu'elle parle des voisins ?

— Elle a donné des noms ? Des prénoms ?

— Tu n'as pas remarqué de nouveaux visages dans le quartier ?

— Elles rentrent directement de l'école ou elles traînent dehors après la sortie ?

— Des changements dans leur appétit ? Des cauchemars ?

— Qu'est-ce que tu ne comprends pas ? Que voulait-elle dire ? À ton avis ?

Je ne me souvenais pas d'avoir participé à un interrogatoire aussi serré depuis l'époque où j'étais inspecteur de police. Mais cette fois j'étais le suspect, coincé entre le bon et le méchant flic. Euphronie me parlait brusquement, avec des regards plein d'orages. Anastabotte remplissait mon verre en souriant dès que j'avais donné une réponse. Elles me faisaient peur à la fin. J'ai fini par me rebiffer.

— Mesdames ! J'arrive avec mes petits ennuis familiaux et vous m'en faites tout un cinéma. Nous avons affaire à deux adolescentes en manque de repères, c'est tout.

— L'adolescence a bon dos, a doucement remarqué

Anastabotte. Quelque chose ne va pas, Ray. Quelque chose ne va vraiment pas. Tu peux nous croire sur parole.

Euphronie a hoché la tête en signe d'approbation, faisant tomber de ses cheveux une grande sauterelle qui a bondi vers la porte. Si j'avais pensé m'installer chez mon amie, l'envie m'en était passée. Quand j'ai annoncé que je partais, Anastabotte n'a pas cherché à me retenir. J'ai pris le chemin du retour dans un état étrange, partagé entre la déception d'avoir trouvé si peu de réconfort, et l'impression d'être cerné par le drame et le danger. Quelque chose n'allait pas, c'était clair. Mais quoi?

Je suis rentré chez moi sur la pointe des pieds. Ils dormaient tous les deux, l'insolente et son père. Tout vieillard insensible que je suis, j'ai eu du mal à trouver le sommeil. Trop d'images contradictoires tournaient dans ma tête. Qu'est-ce qui pousse des gamines à se comporter comme des délinquantes à bout de nerfs? Quelle personne raisonnable choisit la nuit pour ranger sa cave? Qui a besoin d'un masque en métal pour faire la poussière? Et pour-quoi le seul point sur lequel nous nous retrouvions était que quelque chose n'allait pas? J'ai fini par céder à la fatigue. Je me suis laissé aller à un repos entrecoupé de rêves confus et de brusques réveils.

Au matin, je suis resté dans mon lit. Je les ai laissés se lever et partir seuls. Évidemment, personne n'a pris l'initiative de presser des jus d'orange ni de passer un café buvable. Quand je ne suis pas là, tout part à vau-l'eau. On ne fait attention à rien, on mange n'importe quoi. Ils sont bien pareils, le père et la fille. Des militants du moindre effort.

J'ai attendu qu'ils aient vidé les lieux pour sortir de ma chambre. Il a fallu que je range la cuisine. J'ai pris mon temps et j'ai déjeuné seul. J'étais sur le point de m'abandonner à une petite sieste quand on a sonné à ma porte. Un peu tard pour le facteur… Je me suis dérangé à regret pour aller ouvrir. Planté sur mon paillasson, un grand type souriant m'a tendu le bras d'un geste conquérant. Je lui ai serré la main, bien obligé.

— Albin Fontaine-Desfontaines, a-t-il fait en avançant vers moi, me repoussant dans l'appartement.

Ce n'est que plus tard que je me suis rendu compte que je ne l'avais pas invité à entrer. Il s'est imposé, prenant ses aises comme s'il était chez lui.

— Je vous ai croisé plusieurs fois (je n'avais aucun souvenir de l'avoir jamais vu), même si nous n'avons pas été présentés (il se croyait dans un club de golf ou quoi ?). Je suis un de vos voisins (première nouvelle), j'habite le bâtiment D, chez des amis qui m'accueillent (un squatter donc, plutôt qu'un voisin) depuis mon retour d'Argentine (est-ce qu'il avait l'intention de me raconter sa vie ?).

Il pérorait au beau milieu de ma salle à manger. Je me suis bien gardé de lui offrir un café. À la manière dont il s'y prenait, si je le laissais faire, il ne mettrait pas longtemps avant de me virer de chez moi...

— Tout cela est fort intéressant, mais je n'ai pas prévu de vous consacrer l'après-midi. Je peux savoir ce qui vous amène ?

Pas décontenancé, il a regardé autour de lui comme s'il évaluait mon mobilier avant sa vente aux enchères.

— C'est un peu compliqué. Je peux m'asseoir ?

— Certainement pas. Je ne vous ai même pas demandé d'entrer... Plus tôt vous en aurez fini, plus vite je pourrais retourner à mes affaires.

Il m'a jeté un coup d'œil et s'est incliné très légèrement, avec une sorte d'étonnement, comme s'il venait de découvrir une crotte sur le tapis, puis il a souri de toutes ses dents. Il avait beau avoir les yeux posés sur moi, je ne voyais rien dans son regard. Ce n'est pas comme s'il se moquait ouvertement. C'était pire. Son regard était vide et j'étais transparent.

— Je vais aller droit au but. Vous êtes sans doute au courant de ce qui se passe dans le bâtiment B ?

— Ah non… Des travaux ?

Il a haussé les sourcils.

— Vous seriez bien le seul à ne pas être au courant des nuisances !

— Expliquez-vous clairement ! Il y a des fuites dans le toit ? Des souris dans les conduits ?

— Tout le monde préférerait des souris ! Quand des individus dégradent la vie de leurs voisins, inquiètent les enfants et abîment l'image du quartier, on aimerait pouvoir s'en débarrasser aussi facilement qu'on élimine les souris.

— Mais enfin, mon vieux, vous êtes du bâtiment D ! On peut savoir en quoi ce qui se passe dans le bâtiment B vous concerne tellement ?

Il a pris une mine offensée.

— Je suis un habitant solidaire ! Tout ce qui se passe dans notre quartier m'intéresse. Si l'un de nos immeubles abrite une activité nuisible, et peut-être même illégale, on peut prévoir que l'infection va gagner les autres. J'aime notre quartier, moi, monsieur ! Je veux que nous puissions continuer à y vivre dans le calme et la sécurité.

Il commençait à me chauffer les oreilles. J'en avais connu avant lui des bravaches qui parlent des gens comme de souris qu'il faut éliminer... Des semeurs de désordre qui prétendent vouloir le calme mais ne rêvent que de déclencher des bagarres de rue.

— Je vais vous dire deux choses, mon cher monsieur. La première est que je ne vois pas à qui vous faites allusion avec vos insinuations. La seconde est que vous venez d'emménager et qu'à ce titre vous n'avez qu'un droit, celui de vous taire.

J'ai eu la satisfaction de constater que je m'étais fait comprendre. Le sourire a disparu et le regard, vide un instant plus tôt, s'est chargé de sentiments moyennement sympathiques : fureur, méchanceté, violence. Il m'a répondu avec une rage rentrée. Ses lèvres pincées déformaient les syllabes. On aurait dit qu'il sifflait.

— On m'avait prévenu... Je ne voulais pas le croire, venant d'un ancien commissaire de police, un homme qui devrait aimer nos valeurs, la loi et l'ordre. Mais je constate que la rumeur avait raison : vous êtes un homme faible. À moins que vous n'ayez un

intérêt à défendre quelqu'un… Cette Clorinda !…
Personne ne sait d'où elle vient ! Personne ne sait de
quoi elle vit ! Et vous prenez sa défense ?…

Bon sang, Clorinda ! Cette enquiquineuse ! J'étais
accusé de la protéger… Quelle plaisanterie !

— Vous venez de débarquer dans le quartier et vous
cherchez déjà les ennuis ? C'est quand même un
comble ! Si les voisins ont des problèmes, qu'ils aillent
déposer une plainte au commissariat.

— Vous savez aussi bien que moi que la police ne
fera rien… La police vous ressemble, monsieur. Elle
est faible et inefficace !

— Je ne vous laisserai pas insulter la police ! Fichez-
moi le camp ! Je ne vous dis pas au revoir, monsieur !

Il est passé devant moi la tête haute. Il avait
retrouvé son sourire. Mais c'était un sourire coupant,
plein de mauvaises promesses. J'ai claqué la porte
derrière lui avec une telle violence que les fenêtres
ont tremblé. Nous étions entrés dans l'époque des
claquements de porte. À ce train, elles allaient finir
par sortir de leurs gonds.

Je suis allé à la fenêtre. À demi dissimulé, je l'ai vu
se retourner plusieurs fois, lorgnant vers notre appartement. Ce type n'en avait pas fini avec nous.

J'ai laissé retomber le rideau, j'ai pris la télécommande et je me suis affalé dans mon fauteuil. Mais si j'espérais profiter de l'effet somnifère du feuilleton, c'était loupé. J'étais beaucoup trop énervé pour m'endormir. Les images qui défilaient sur l'écran étaient beaucoup moins puissantes que celles qui tournaient dans ma tête. Je voyais revenir en carrousel cet épouvantail de Clorinda suivie par le grimaçant Albin Fontaine-Desfontaines, tandis qu'Euphronie Arsène coiffée de son masque répétait tristement : « Quelque chose ne va pas, Ray, quelque chose ne va pas… »

L'impression déplaisante laissée par mon visiteur présentait au moins un avantage : l'inquiétude diffuse de la veille venait de prendre forme. J'avais désormais un ennemi à me mettre sous la dent. Fort de mon expérience passée, je savais qu'un adversaire identifié ne représente plus qu'une demi-menace. On peut toujours se défendre de quelqu'un dont on connaît le visage et le nom. Du moins, c'est ce que je croyais.

J'étais occupé à faire les comptes quand les filles sont revenues du collège. Je n'avais pas préparé de goûter. Pour l'amabilité qu'elles me témoignaient, elles pouvaient aussi bien se débrouiller seules, sortir le pain de son emballage et le beurre du frigo. Quant au chocolat, je n'en avais pas racheté. Je ne suis pas un distributeur automatique de sucreries.

C'est le vacarme dans la salle de bains qui m'a fait poser mon crayon. Ces deux cruches avaient décroché la petite armoire au-dessus du lavabo. Elle n'a jamais été bien stable. Gérard m'a installé ça à la six-quatre-deux un jour qu'il prétendait n'avoir le temps de rien. Je m'attendais à ce qu'elle tombe un jour mais ce n'était pas une raison pour que les filles s'en chargent.

— Qu'est-ce que c'est que ce raffut ?

Pome baissait la tête, dissimulant sa figure. Verte gardait les yeux fixés sur moi, mais je n'y lisais aucune insolence. Ils étaient remplis de larmes.

— C'est pas de ma faute, a-t-elle murmuré.

Je n'ai pas eu le cœur de l'accabler.

— Je sais. C'est ton père. Il perce des crevasses dans le mur et après il y met des chevilles minuscules… Ça ne peut pas tenir. Qu'est-ce que tu cherchais ?

— Rien…

— Rien ? Encore ? Ah non ! Ça ne va pas recommencer !

— La pommade à l'arnica.

— Tu t'es fait mal ?

— Pas moi. Pome. Elle est tombée.

Je me suis tourné vers elle. Elle cachait toujours son visage.

— Montre-moi ça. Je vais te mettre de l'huile d'immortelle. C'est miraculeux.

Il a fallu que j'écarte sa main pour voir sa figure. Elle avait un bleu sur la pommette. Un bel hématome, pas très large mais profond, une tache d'un violet profond qui s'étendait près de l'œil.

— Tu me dis que tu es tombée ?

Elle a hoché la tête.

— Tu me prends pour un imbécile ?

Nouveau geste de la tête. De dénégation celui-là.

— Je vais te réparer ça. On parlera après.

J'ai désinfecté l'endroit du choc, j'ai mis deux gouttes d'huile sur mon doigt et j'ai massé doucement. Elle n'a pas bougé. Elle mentait comme une brique mais elle n'était pas douillette. Pendant ce temps, Verte ramassait les débris de l'armoire et rassemblait son contenu sur le bord de la baignoire. Quand nous en avons eu fini, avec l'infirmerie et le mensonge, je les ai conduites dans la cuisine et je les ai assises devant moi.

— Maintenant, je veux savoir d'où vient ce bleu.

Et n'essayez pas de me balader. Personne ne tombe sur la pommette.

— Elle s'est cognée, a avancé Verte.

— Tais-toi ! C'est à Pome que je parle !

— Je n'ai pas envie de le dire, a fait Pome d'une toute petite voix.

— Oui, mais tu vas le dire quand même. Tu t'es battue ?

Elle a baissé la tête de nouveau. J'étais bien décidé à ne pas lâcher l'affaire quand Verte a éclaté en sanglots.

— Elle était obligée !

— Je peux savoir ce qui oblige quelqu'un à se battre quand il a cent autres moyens de résoudre les problèmes ?

— T'en sais rien ! Ils sont derrière elle toute la journée. Ils n'arrêtent pas de dire des trucs sur sa mère…

— De toute façon, je m'en fiche, a soupiré Pome. Je me suis vengée. J'ai tapé sur Mauve, je lui ai éclaté la lèvre. Demain, je m'occupe des autres.

— C'est comme ça que tu t'en fiches ? C'est très réussi… Qu'est-ce qui est arrivé à ta pommette ? Tu as pris un jeton dans la bagarre ?

— Ils lui ont lancé des pierres, a dit Verte qui avait

retrouvé un peu de son calme. Elle en a pris une sur la joue. Mais elle en a aussi reçu derrière la tête.

J'imagine que j'aurais dû leur faire une leçon de morale civique, et leur expliquer qu'on ne se bat pas, jamais, quelle que soit la situation. Mais leur histoire me laissait sans voix. C'était donc cela qu'elles me reprochaient : n'avoir rien remarqué du harcèlement qu'elles enduraient depuis des jours... Comment voulaient-elles que je devine ? Les gosses s'imaginent que les vieux ont des superpouvoirs... Mais si on ne leur dit rien, aux vieux, comment voulez-vous qu'ils sachent ?

— Vous me jurez que vous n'avez pas commencé ? Vous me jurez que vous n'avez fait que répondre ?

Verte a pris son attitude indignée. Jeanne d'Arc devant ses juges. Elle exagérait. Mais au moins elle avait arrêté de pleurer.

— Ray... Franchement... On a déjà attaqué quelqu'un ?

— C'est bon. On va tirer cette affaire au clair. J'appelle le collège, et pas plus tard que maintenant.

— Oh non... Ce sera pire encore !

— Pas du tout... La première chose à faire dans ces cas-là, c'est d'informer l'autorité responsable. Les adultes se chargeront de rétablir l'ordre. Allez, hop !

Ça protestait à qui mieux mieux dans la cuisine

mais je ne me suis pas laissé impressionner. Je suis retourné dans ma chambre pour téléphoner à mon aise. Et je suis tombé sur le principal qui m'a reçu fraîchement.

– Oui, monsieur, oui je suis au courant. Si vous n'êtes pas le père de Verte, vous êtes qui ?

– Son grand-père...

– Le père n'est pas là ?

– Il travaille, figurez-vous !

– Eh bien, s'il a des questions à me poser, demandez-lui de se présenter à mon bureau demain.

– Halte là, mon ami ! Pome est revenue avec des hématomes dus à des jets de pierre...

– Je vous arrête tout de suite ! Vous êtes qui pour Pome ? Son grand-père aussi ?

– Je suis un retraité de la police et j'aimerais bien qu'on me parle sur un autre ton !

– Alors écoutez-moi bien : non seulement vous n'avez pas à me demander de comptes, mais les choses sont un peu plus compliquées que vous semblez le penser. Les deux gamines ont déclenché une bagarre à la sortie du collège et Pome a blessé une de ses camarades...

– C'est un motif valable pour autoriser une lapidation ?

— Comme vous y allez... une lapidation... Je ne suis pas au courant.

— Rassurez-vous : vous allez l'être parce que je vais porter plainte !

— À votre place, j'y réfléchirais à deux fois. J'ai recueilli un certain nombre d'informations sur le désordre que votre petite-fille et sa camarade créent dans notre communauté scolaire. Il est temps que les choses changent ou nous serons contraints de prendre des mesures...

— Contre deux collégiennes victimes de harcèlement ?

— Qui harcèle qui, monsieur le retraité de la police ? Voilà une question qu'il serait judicieux de vous poser avant de nous menacer au téléphone. Moi aussi, je peux déposer une plainte, figurez-vous.

Et clac, il a raccroché. J'ai hésité à le rappeler pour lui expliquer d'homme à homme ce que je pensais de lui, de sa voix au téléphone, de son attitude d'adulte responsable, et des représailles auxquelles il s'exposait en insultant un homme qui avait consacré sa vie au maintien de l'ordre. Je me suis ravisé en pensant aux filles. Elles avaient eu raison : appeler était une erreur... Rappeler serait une provocation.

J'ai regagné la cuisine la tête basse.

— Je t'avais prévenu, a fait Verte.

— Ils ont dit que c'était ma faute, hein ? a demandé Pome.

Il a bien fallu que j'acquiesce.

— Ta faute et celle de Verte. Ils vous mettent dans le même sac.

— C'est parce qu'on est amies, a remarqué Verte. Ils nous reprochent d'être tout le temps ensemble.

— Quand Verte défend ma mère, ils lui demandent de quoi elle se mêle. « Pourquoi tu t'en occupes, ce n'est même pas ta mère ! »

— Ta mère, justement ! Tu lui as raconté ?

— Oh Ray ! Je ne peux pas ! Elle va venir au collège faire un scandale horrible…

— Si je comprends bien, personne n'est au courant ?

— Si, a reconnu Pome avec un sourire désarmant. Soufi. Mais il est dans un autre collège.

Soufi. Le petit gars. La belle affaire. Les deux filles étaient coincées comme des poissons dans la nasse et j'étais bien obligé de reconnaître que je ne voyais aucune issue. J'ai regretté de n'avoir pas acheté de chocolat. Il nous aurait été bien utile pour remonter le moral des troupes.

— Maintenant, il y a toi aussi, Ray ! Mais il ne

faut pas que tu aggraves les choses en faisant des histoires avec le collège ou en parlant à ma mère...

Elle avait des yeux suppliants.

— Je ne dirai rien. Je n'ai jamais eu beaucoup de sympathie pour les balances. Mais le jour où je saurai comment agir, ma petite fille, ce jour-là, ton principal peut dire adieu à sa tranquillité...

Son visage s'est éclairé. Au moins, j'avais réussi à la faire sourire. Je me suis senti ému et fier. J'ai attrapé ma veste.

— Attendez-moi les filles, je sors acheter du chocolat. Noir, lait, blanc, noisettes, menthe, orange, truffé, praliné ?... C'est ma tournée !

En allant à la voiture, je n'ai pu m'empêcher de regarder autour de moi. Je ne me sentais pas en sécurité. Je redoutais de voir surgir Albin Fontaine-Desfontaines et son sourire carnassier. Cette manière fanatique et malsaine de tomber sur Clorinda résonnait bizarrement avec les ennuis de Pome... Ce qui était en train de se passer dans notre quartier n'était pas joli joli. Malheureusement je n'avais aucune parade à proposer, à l'exception d'un achat massif de chocolat. Mais qu'on me laisse un peu de temps... On verrait de quel bois je me chauffais ! Ce n'est pas que je m'étais mis à aimer Clorinda. Mais l'idée qu'on s'en prenne à mes gamines m'était intolérable.

La visite à la supérette et le choix d'une bonne dizaine de plaquettes de chocolat m'ont fait beaucoup de bien. Tout le monde avait l'air normal dans les rayons et la caissière s'est montrée gentille avec moi. Personne ne m'a insulté ni même regardé de travers. C'est étonnant comme on a vite fait de se glisser dans la peau du suspect… Je suis revenu chez moi dans un meilleur état d'esprit que je n'en étais sorti, pour trouver les filles dans leur chambre et Gérard dans la salle de bains. Il contemplait d'un œil navré les débris de son armoire. Je n'ai pas pu m'empêcher de lui délivrer le fond de ma pensée.

— Je t'avais prévenu ! La mèche de la perceuse était beaucoup trop grosse et à partir du moment où tu choisis d'exploser le mur…

Je n'ai pas eu le temps de finir parce qu'il est sorti de la salle de bains. Je l'ai suivi dans le couloir.

— Tu savais pourtant que je n'avais pas de chevilles adaptées et celles que tu as prises étaient…

— C'est bon, Ray ! J'abandonne. La prochaine fois, tu accrocheras tes armoires toi-même.

— Ce n'est pas ce que je voulais dire. Je voulais dire que…

— Papa ! Par pitié !

Il s'est assis lourdement dans le fauteuil du salon.

— Les filles ne sont pas là ?

— Dans leur chambre.

Il a sorti de la poche de son pantalon un papier plié en quatre.

— Regarde ça et dis-moi ce que tu en penses.

Si j'avais cru me débarrasser de mon malaise avec une excursion à la supérette, ce que j'ai lu m'a ramené à la réalité. En caractères bleu marine sur fond blanc, on lisait :

Appel aux habitants !

Quand chacun s'efforce de respecter son voisinage, comment accepter que certains se dispensent de suivre les règles ?

Pourquoi devrions-nous supporter la crasse des balcons, le bruit des talons, les odeurs suffocantes, les comportements asociaux, les menaces et les nuisances émanant de certaines personnes qui se considèrent en dehors des lois, comme c'est le cas dans le bâtiment B ? Chacun saura de qui il s'agit…

Pourquoi les gens honnêtes devraient-ils se taire ?

Parlons entre voisins !

Organisons la riposte pour plus d'ordre et de sécurité dans notre quartier!

La veille encore, j'aurais mis ce petit discours sur le compte de la mauvaise humeur d'un citoyen bilieux. Je l'aurais chiffonné, jeté à la poubelle et aussitôt oublié. Mais, après la journée que je venais de passer, je ne pouvais pas prendre ce tract à la légère. On avait décidé de s'en prendre à Clorinda de manière organisée.

— Alors? a demandé mon grand fils.

— Alors je vais te dire ce que j'en pense... ai-je répondu, et là-dessus je lui ai exposé toute l'affaire depuis la visite de l'importun jusqu'à mon coup de téléphone au collège.

Il m'a écouté sans m'interrompre, le visage de plus en plus préoccupé au fur et à mesure que j'avançais dans mon récit. Quand j'en ai eu terminé, son regard était partagé entre la colère et l'incrédulité.

— Quelque chose ne va pas, Ray, a-t-il déclaré. Quelque chose ne va pas du tout.

J'ai glissé le tract dans ma poche. Et je suis allé préparer le repas du soir.

Compte tenu du tour qu'avaient pris les événements, j'ai gardé Pome à dîner. Si le bleu sur sa pommette s'était un peu résorbé, l'ambiance autour de la table était morose. Avec une patience remarquable, Gérard s'est fait expliquer les attaques dont les filles avaient été victimes. Ces sottes rechignaient à répondre, comme si le sujet ne nous concernait pas. On aurait dit que le harcèlement dont elles souffraient était leur affaire privée et qu'elles regrettaient que nous voulions nous en mêler… Ni Gérard ni moi n'avons évoqué l'horrible Albin Desfontaines et son tract dégoûtant. Elles étaient déjà dans une situation inquiétante. Il fallait éviter, autant que possible, de les affoler.

Le repas terminé, j'ai dû insister pour raccompagner Pome chez elle.

— D'habitude, je rentre toute seule !

— Eh bien, tu vas changer d'habitude, c'est aussi simple que cela.

— Ray, tu es lourd.

— Verte, je ne t'ai rien demandé. Allez, Pome, on y va !

Je suis monté dans les étages et j'ai sonné chez Clorinda qui m'a ouvert avec stupéfaction.

— Vous me la ramenez, maintenant ?

— C'est plus prudent. J'ai entendu dire que le quartier n'était pas sûr en ce moment.

Son visage s'est fermé.

— On dit n'importe quoi.

— Pas toujours. À ce propos, est-ce que vous pourriez me recevoir un de ces jours ? J'aimerais parler avec vous.

Clorinda a écarquillé les yeux.

— Avec moi ? Mais parler de quoi ?

— Des filles.

Elle m'a lancé un regard soupçonneux tandis que Pome se glissait derrière elle dans l'appartement.

— Je ne vois pas ce qu'on a à se dire…

— Moi, je vois très bien. Regardez le bleu que votre fille a près de l'œil et faites-moi savoir quand vous pouvez me recevoir. Je ne vous cache pas que le plus tôt sera le mieux.

— C'est ça. Au revoir.

Elle m'a fermé la porte au nez. Le souci avec les bourriques, c'est que, même en danger, elles restent bourriques. Voilà ce que je pensais en descendant l'escalier. Je les aurais bien renvoyés dos à dos, Fontaine-Desfontaines et elle. Mais il y avait Pome. Ma petite Pome.

Pour la deuxième fois en deux jours, je n'avais aucune envie de rentrer chez moi. C'était comme le symptôme d'une maladie. D'ordinaire, j'aime mon foyer, les objets qui le meublent, les gens qui l'habitent. Je m'y sens au calme et en sécurité. Comparée au monde du dehors, à son caractère imprévisible et menaçant, ma maison est mon refuge.

C'était fini. On aurait dit que le bouclier invisible qui protégeait mon logis venait de se fissurer, laissant entrer les vents mauvais. Je ne pouvais pas espérer grand-chose de ceux qui vivaient avec moi. Je les sentais craintifs et mal à l'aise. La seule personne que je désirais voir, c'était Anastabotte. Je n'avais pas été très bien reçu la veille ? Tant pis ! J'allais revenir gentiment et me faire accueillir. J'ai sorti mon téléphone et j'ai appelé.

Par bonheur, Euphronie Arsène n'était pas là pour gâcher la fête. À l'exception de son masque qui traînait sur l'appui de fenêtre, rien ne rappelait sa pénible présence.

Anastabotte avait rangé sa cuisine, elle était coiffée et vêtue avec une originalité de bon ton (ni tablier crasseux ni toiles d'araignées dans les cheveux). J'étais si heureux d'être chez elle que j'en avais presque oublié le motif de ma visite. C'est elle qui m'a ramené à mes préoccupations.

— Les filles ? m'a-t-elle demandé en s'asseyant en face de moi. Du nouveau ?

J'ai soupiré.

— C'est bien pire que ce que j'imaginais…

Elle a froncé les sourcils et posé le menton dans ses mains.

Elle ne m'a pas interrompu une seule fois tandis que je racontais le harcèlement, les pierres et le principal. J'aurais attendu des cris de surprise, des exclamations horrifiées. Mais non. Tout se passait comme si elle devinait ce que j'allais dire. Quand j'en ai eu terminé, elle m'a demandé :

— Rien d'autre ?

J'ai sorti de ma poche le tract que Gérard m'avait donné plus tôt dans la soirée. Elle a chaussé ses lunettes pour le lire. Puis elle a retourné la page, elle l'a levée et l'a regardée dans la lumière de la lampe comme si elle espérait voir une signature en transparence.

— C'est donc tombé sur Clorinda, a-t-elle remarqué. Il faut dire qu'elle fait une cible facile. Et toi qui disais hier que tu n'avais rien remarqué dans le quartier…

— Ce n'est pas tout. J'ai recu une visite tout à l'heure…

— Un inconnu, j'imagine ?

— Pas pour longtemps. C'est un nouveau voisin. Bâtiment D.

— Bien sûr…

— Un type mielleux au-dehors, une vraie gale en dedans. Il en avait lui aussi après Clorinda. Il n'habite pas dans le même bâtiment et pourtant il connaît son prénom. Pour un nouveau venu, il est bien informé.

— Il s'est présenté ?

— Un nom ridicule. Albin Fontaine-Desfontaines.

Ma voix a dû porter parce que j'ai vu détaler sur la table une scolopendre qu'elle avait réveillée et qui courait sur la nappe en plastique de toutes ses répugnantes petites pattes. Anastabotte n'a pas tergiversé. Elle a fait glisser la bestiole par terre et l'a écrasée d'un coup de talon.

— Saleté, a-t-elle sifflé entre ses dents serrées.

Je n'aimais pas beaucoup l'idée que sa maison abrite ce genre de bestioles.

— Je ne sais pas comment elle est arrivée jusqu'ici. Je n'en avais pas vu depuis des années.

— Juste comme je prononçais le nom de…

— Tais-toi !

Elle a tapé la table du plat de la main. J'ai bondi sur ma chaise.

— Tu ne crois quand même pas que cette vermine arrive quand je prononce le nom de…

Elle a agité les bras.

— Chuuutttt…

Je sais que certaines femmes sont très superstitieuses. Mais je n'aurais pas imaginé qu'Anastabotte tombe dans ce travers. Je l'avais toujours considérée comme une femme raisonnable. C'est fou comme on peut se tromper. Elle regardait fixement derrière moi. Je me suis retourné. Rien. Juste, sur une étagère, une bague que je n'avais encore jamais remarquée sur elle, et qui scintillait, reflétant la lumière dans les pierres dont elle était ornée.

— Jolie bague, ai-je remarqué en espérant détendre l'atmosphère.

— N'y touche pas ! a dit Anastabotte.

— Je n'y comptais pas. Je ne raffole pas des bijoux. D'ailleurs, j'en porte rarement. Je préfère les garder au coffre.

J'espérais détendre l'atmosphère mais elle n'a pas souri. Elle a tendu les mains par-dessus la table et elle a saisi les miennes.

— Ray, il va falloir faire très attention à ce qui arrive aux gamines.

— Je te remercie de m'avertir et j'adore que tu

prennes mes mains dans les tiennes, mais je t'informe que c'est exactement ce que je fais !

— Je sais que tu fais ton possible, mais je suis inquiète. Je voudrais tellement pouvoir vous préserver, tous, de ce qui va arriver.

Ma parole, elle était en train de perdre la tête !

— Anastabotte, il y a des lois, une police, une justice, et des usages qui font que toutes ces histoires vont se calmer très vite. Dans un monde civilisé, on ne s'assassine pas entre voisins. Fais-moi confiance. Je sais de quoi je parle.

— J'aimerais bien. Mais je ne sais pas si ce qui nous arrive est de ton ressort, Ray, avec toute l'estime et même toute l'affection que j'ai pour toi...

Décidément, je découvrais une nouvelle Anastabotte ce soir, une Anastabotte que je ne connaissais pas, crédule, angoissée, presque naïve. Je me suis dit qu'elle aurait besoin de moi pour la rassurer et prendre les bonnes décisions. Il faudrait que je la protège, elle aussi, de toute mon autorité. Les méchants n'avaient qu'à bien se tenir. Je me sentais plus fort et plus responsable que je ne l'avais jamais été. Ce n'était pas un sentiment désagréable.

ANASTABOTTE

C'est Euphronie qui a senti venir les choses. Elle n'est pas meilleure que moi mais elle est beaucoup plus dépressive. Elle ne possède aucune défense contre ce qui est désagréable, malsain ou odieux. Elle a une sensibilité de grenouille. La peau des grenouilles est perméable, ce qui fait d'elles des indicateurs très précieux du niveau de pollution chimique. Quand les saletés sont trop nombreuses, la grenouille se ratatine et claque. Eh bien, pour Euphronie, c'est la même chose. Elle est poreuse aux saletés, ce qui explique son humeur fragile. Elle se détraque à la première alerte. Du coup, elle fait baromètre. Quand elle sort, l'atmosphère générale est saine. Quand elle s'enferme, les calamités ne sont pas loin.

Si j'avais été une voisine plus vigilante, je me serais inquiétée de ne plus la voir s'affairer dans son jardin. Mais j'étais trop prise par mon entourage. Ma petite-fille d'abord. Ce n'est pas qu'Ursule soit une mauvaise mère, mais elle a une conception un peu légère de ses obligations. Quand c'est à elle de garder sa fille, c'est moi qui m'en occupe la plupart du temps. Mon bon ami ensuite. Le temps que je ne consacre pas à Verte, je le passe avec Ray. Ce n'est pas que j'aie oublié Gervais, mon mari, trop tôt parti pour le pays des ombres. Son ombre bienveillante m'accompagne nuit et jour. Mais il n'est pas souhaitable de rester seule trop longtemps dans le simple monde… Enfin bref, mes amours m'ont pris tout mon temps et j'ai négligé Euphronie.

Il a fallu qu'elle sonne à ma porte pour que j'ouvre les yeux. On aurait dit qu'elle avait vieilli de dix ans. Son visage était ravagé, sillonné par des rides profondes que les larmes auraient pu creuser. La vieille robe qu'elle portait était sale. Elle m'aurait fait de la peine si elle ne m'avait pas d'abord effrayée.

— Laisse-moi entrer, a-t-elle dit en me bousculant.

Je l'ai fait asseoir et j'ai sorti du placard un vieil alcool de plantes. Elle a sifflé d'un coup le petit verre que j'avais rempli. Elle s'est resservie et je l'ai laissée vider un bon quart de la bouteille avant de la reboucher.

— À ta place je m'arrêterais là, l'ai-je avertie en

rangeant la bouteille dans le placard. Je m'en sers aussi pour tuer les moustiques.

— Aucune importance, a gémi Euphronie en contemplant d'un œil morne le fond de son verre vide. J'aimerais aussi bien mourir.

— Ça suffit! ai-je fait d'une voix ferme (avec Euphronie, il ne sert à rien d'être gentille). Personne ne meurt ici! Explique-moi!

Elle a baissé le nez d'un air piteux (encore plus piteux que celui qu'elle arborait en entrant). Il a fallu que je lui arrache les mots de la bouche. Ce qui donnait à peu près ceci:

— Tout va de mal en pis. Je ne dors plus, je ne mange plus, l'angoisse me laisse à peine respirer. Je regarde autour de moi, je ne vois que du noir, des nuages qui s'amoncellent. Ils nous encerclent et bientôt nous serons prises dans l'étau. Les catastrophes anciennes n'ont rien changé. Personne n'a rien appris. Le mal va revenir. Je le vois, il avance.

Je connais trop ma voisine pour prendre ses prédictions à la légère. Au fur et à mesure qu'elle s'expliquait, je sentais sa peur me gagner. Pour un simple vivant, les promesses de l'Apocalypse ressemblent au délire d'un illuminé. Mais nous savons, nous, que le Mal existe. Nous connaissons les forces qui l'agissent.

Nous nous sommes battues contre elles. Nous les avons repoussées mais jamais détruites. Le Mal renaît, et il revient, toujours. Voilà ce que ma vieille voisine, avec sa fragilité de grenouille, avait pressenti et ce qui la tourmentait.

— Nini, ai-je déclaré, tu vas cesser de geindre. Ils veulent la bataille ? Ils l'auront. Il est temps de s'y mettre. Tu es la meilleure d'entre nous… Au boulot !

Un mince sourire est apparu sur ses lèvres.

— La meilleure ? a-t-elle demandé d'un ton ragaillardi. Vraiment ?

Euphronie n'est pas seulement dépressive, elle est aussi vaniteuse, ce qui, dans notre situation, faisait mon affaire.

— La meilleure, vraiment ! Et tu vas nous le prouver !

Nous avons attendu. Il était impossible de savoir d'où viendrait la première attaque. Mais j'aurais dû me douter qu'elle frapperait à l'endroit le plus douloureux… Pourtant, là encore, je n'ai pas été assez attentive à ce qui se passait autour de moi. Je n'ai pas remarqué que ma petite-fille manquait d'entrain depuis quelques semaines. J'ai attribué son attitude contrariée à la fatigue. L'année scolaire était bien avancée, les enfants étaient épuisés, il n'y avait pas à chercher plus loin…

Et puis Ray, rompant avec ses habitudes, a débarqué chez moi à la nuit tombée… J'étais descendue à la cave avec Euphronie pour faire l'inventaire. Dans l'attente de l'affrontement, le mieux était de se préparer. De quels sorts disposions-nous ? Quelles étaient les armes dont nous avions besoin ? Étions-nous toujours aussi habiles ou manquions-nous d'entraînement ?

Je mettais de l'ordre dans le capharnaüm quand Euphronie a déballé le miroir liquide qu'elle avait apporté de chez elle.

— On peut peut-être déjà voir quelque chose…

Elle a serré les lanières de son vieux masque à l'arrière du crâne, une précaution élémentaire quand on veut protéger ses yeux des rayons de l'au-delà. Penchée sur le miroir, elle l'interrogeait sur un ton menaçant («montre-moi quelque chose, espèce de fainéant, ou je te flanque à la brocante !») quand la sonnerie a retenti.

— Qui est-ce ? a-t-elle demandé d'une voix furieuse.

— Comment veux-tu que je le sache ?

— Pas la peine d'ouvrir !

— On ne sait jamais ! Si ma petite-fille a des ennuis…

J'ai quitté la cave et je me suis précipitée à la porte… C'était Ray. Le pauvre ! Il s'était attendu à me trouver seule et il tombait sur Euphronie dans son tablier de cuir. J'étais embarrassée pour lui. Décontenancé, il a proposé de nous laisser à nos affaires… Mais en dépit des grimaces d'Euphronie, je n'ai pas voulu le laisser partir sans lui offrir un biscuit. Bien m'en a pris. Il n'était pas sitôt assis qu'il nous a déballé ce qu'il avait sur le cœur. Pour lui, pas grand-chose : deux gamines mal dans leur peau décidées à le pousser à bout. Pour nous, une révélation : deux petites sorcières bouleversées par l'approche des tempêtes.

Ce vieux Ray nous apportait sur un plateau ce que nous cherchions depuis des jours. Sans aller jusqu'à l'amabilité, Euphronie s'est montrée d'un coup beaucoup plus accommodante. Ray ne comprenait rien à cette amabilité soudaine mais il est de bonne composition. Nous l'avons assommé de questions auxquelles il a répondu avec bonhomie. C'est une qualité que j'apprécie chez lui : il joue le jeu même quand il ne saisit pas les règles. Quand il s'est enfin décidé à partir, Euphronie exultait. À l'annonce du danger, la bagarreuse en elle s'était réveillée. Elle était loin, la dépression !… Elle ne pensait plus qu'à la guerre. J'aurais aimé partager son enthousiasme. Mais j'étais envahie par la peur. Par une manipulation diabolique, Verte se trouvait dans l'œil du cyclone. Et ça, c'était insupportable.

J'ai peu dormi cette nuit-là. Dès que je parvenais à m'assoupir, des images d'incendie envahissaient mon sommeil et je me réveillais le cœur battant. Je me suis levée avec l'aube et je suis descendue dans le jardin. Les oiseaux commençaient leur raffut, se répondant d'arbre à buisson. Tout le petit peuple de l'herbe s'agitait, terminant ses affaires nocturnes avant le réveil des prédateurs. J'ai sorti une chaise et j'ai bu mon thé au milieu de la pelouse, emmitouflée dans un gilet. Si je voulais nous défendre, il ne fallait pas que je cède à la panique. Je me suis obligée à boire mon thé très lentement et à ne penser qu'à la lumière qui naissait graduellement autour de moi – on aurait dit qu'elle sortait de la terre plus qu'elle ne descendait du ciel. Enfin l'image de Gervais m'a traversé l'esprit, m'emplissant de calme et de détermination.

Euphronie a passé la journée dans ma cave, le masque vissé sur la tête, à secouer son miroir liquide.

— Ce cochon-là ne veut rien me montrer ! Impossible de voir autre chose que des gens qui se baladent devant chez eux, des familles, des couples, la banalité la plus crasse. On dirait une publicité pour de la lessive…

— Regarde mieux, Nini ! Tu ne vois pas Verte ? Sa copine peut-être ?

— De temps en temps, des gosses qui courent dans une cour d'école… Ils se balancent des objets à la tête, je ne vois pas bien quoi. C'est flou. Je ne reconnais personne. Sauf… Attends… Viens voir !

Elle m'a passé son masque.

— La silhouette, là, au milieu…

Au centre du miroir, une femme regardait autour d'elle. Elle avait l'air perdue, ou alors elle cherchait quelqu'un. Je connaissais le décor : c'était tout près de chez Ray. Et cette femme qui tournait sur elle-même, visiblement effrayée… c'était Clorinda ! J'au-rais reconnu ce manteau ridicule entre tous. Il n'y a qu'elle pour porter du velours sang de boudin, une couleur qui ferait merveille sur un vieux cardinal, mais qui, sur une personne normale et contempo-raine, confine au désastre.

Ce que montrait le miroir confirmait ce que nous avions appris de Ray : l'attaque se déroulerait chez lui. Que Clorinda en soit la malheureuse vedette n'avait rien d'étonnant. Peu importaient ses nombreux défauts et ses possibles qualités... Elle était l'une des nôtres. Et quand le Mal débarquait, c'était d'abord à nous qu'il s'en prenait. Nous étions les premières à payer la note. Nous, les sorcières.

C'est avec une timidité de jeune homme que Ray a sonné chez moi, aux mêmes heures que la veille. En l'espace d'une journée, il en avait appris assez pour confirmer toutes les visions du miroir liquide. Oui, les filles étaient harcelées. Oui, Clorinda était visée. Mais le plus important est qu'il apportait avec lui la pièce qui manquait au puzzle : le visage de l'ennemi.

Si le miroir n'avait pas réussi à le débusquer, c'est qu'il s'était dissimulé. Il s'était fondu dans la foule, habitant comme un autre, voisin comme un autre, parent d'élève comme un autre... Rien ne permettait de le repérer, ni sabots fourchus, ni cornes pointues. Aucun doute n'était pourtant permis. À la seule mention de son nom, une scolopendre monstrueuse est sortie des profondeurs, et la bague s'est réveillée sur l'étagère. Elle étincelait si bien que Ray, qui n'est pourtant pas très attentif aux phénomènes surnaturels, l'a remarquée. J'ai eu peur qu'il mette la main dessus. Je n'ose pas imaginer ce qui serait arrivé ! Elle l'aurait propulsé dans l'entre-deux mondes et personne ne sait dans quel état on l'aurait récupéré. Heureusement, j'ai réussi à détourner son attention…

Sitôt Ray parti, je me suis précipitée chez Euphronie.

– Albin Fontaine-Desfontaines ?

Elle n'en revenait pas.

– Quel nom grotesque ! On sait qui l'accueille ? Des amis ? Ils ont une adresse ?

Elle tournait en rond dans son salon dans un état d'excitation exceptionnel, même pour elle.

– Nous irons enquêter demain, ai-je proposé. Le programme de la journée sera chargé. Il faudra prévenir les filles du danger qu'elles courent. Et Clorinda bien sûr…

Euphronie se frottait les mains.

– Et Ursule ? Tu as pensé à l'avertir ?

J'y avais pensé, oui. J'aurais déjà dû l'appeler. Ray lui-même aurait dû l'appeler…

— Elle te fait peur ! a constaté Euphronie avec un sourire narquois. Tu penses qu'elle va t'assommer de récriminations, c'est ça ? Tu aurais dû la prévenir, tu fais tout dans son dos, c'est quand même sa fille avant d'être ta petite-fille bla bla bla…

— C'est vrai ! Je préfère laisser Verte lui parler. Ce sera beaucoup plus simple.

Euphronie a secoué la tête d'un air désolé.

— Tu ne devrais pas traiter Ursule par-dessus la jambe. Elle était sacrément bonne quand elle était jeune. Elle n'a pas fait grand-chose depuis mais elle avait du talent.

— Préviens-la, toi. Elle t'écoutera.

— C'est toujours à moi de tout faire, a ronchonné Euphronie. Je l'appellerai tranquillement demain. J'aime autant que tu ne sois pas à côté de moi quand elle va se mettre à hurler…

Nous étions assises sur un banc, face à l'entrée du bâtiment D, et nous regardions les gosses partir pour l'école. Euphronie avait eu la bonne idée de préparer un thermos de café. Depuis plus d'une heure que nous attendions, j'en avais bu un demi-litre et mes nerfs étaient dans un drôle d'état. Ma voisine avait une allure étrange dans son tablier fleuri, qui lui faisait comme une housse multicolore. Elle ressemblait à un fauteuil.

Nous avions jugé prudent de nous conformer aux habitudes vestimentaires du quartier. L'affaire n'avait pas été facile. Je ne trouvais rien d'assez normal à mon goût avant de tomber sur un vieux survêtement que j'avais porté à l'hôpital à l'époque de mon opération du genou. Il était mou et informe. J'étais moche mais Euphronie était encore plus moche que moi. Il y a des gens à qui la normalité ne va pas.

Les gamins sortaient de l'immeuble comme des souris de sous un tas de bûches. Les premiers à quitter leurs appartements étaient les collégiens qui commencent leur journée à huit heures, tôt, très tôt, bien trop tôt à mon goût. Ils avaient des figures d'endives. Si ça n'avait tenu qu'à moi, tout ce petit monde aurait dormi deux heures de plus, ce qui n'aurait pas empêché la terre de tourner. Après eux, nous avons vu trottiner les petits bouts qui fréquentent encore l'école primaire, ouverture à huit heures et demie. Ils n'avaient pas l'air en meilleur état, farcis de céréales trop sucrées, fripés de sommeil et pas lavés pour la plupart d'entre eux, j'en aurais mis ma main à couper. C'était maintenant le tour de ceux dont les cours ne débutent qu'à neuf heures. Ça n'en finirait donc jamais? Après ce que j'avais bu, le parfum du café me levait le cœur.

Nous guettions nerveusement les visages des enfants et j'étais près de me décourager quand j'ai senti Euphronie frémir à côté de moi.

— La petite, avec ses cheveux…

Derrière un petit groupe d'enfants qui bavardaient en traînant leurs cartables, une gamine marchait lentement. Ses longs cheveux soigneusement peignés se tordaient en boucles à leurs extrémités. Elle se tenait très droite, ce qui donnait à sa façon de marcher quelque chose de particulier. Les enfants ont le corps souple et plein de vie. Courir, sauter, se balancer, voilà ce qu'ils veulent. Mais cette petite personne marchait toute raide dans son manteau, à l'écart des rires et des conversations. Elle ressemblait à un soldat minuscule casqué de cheveux. Le plus frappant était peut-être son regard, qui restait fixe et comme posé dans le vide. Ce n'est pas qu'elle était mal à l'aise, grave ou inquiète comme le sont certains enfants. C'est qu'elle se tenait en dehors d'un monde qui n'était pas assez bien pour elle

— Bon sang! a murmuré Euphronie. Ils ont été la

chercher où, celle-là ? Me dis pas qu'ils l'ont trouvée toute faite… Ils ont dû la fabriquer sur mesure…

— Chhhhhtttt… Derrière…

Un homme vêtu avec une élégante simplicité, chemise de bonne coupe rentrée dans un pantalon au pli impeccable, venait de sortir du hall de l'immeuble et avançait à grands pas pour rattraper la gamine. Il arborait un sourire géant. C'était un sourire de façade et qui ne s'adressait à personne, puisqu'il n'y avait encore personne autour de lui. Il a tourné la tête à droite, à gauche, comme s'il cherchait à qui adresser cette débauche d'amabilité. Son regard panoramique s'est arrêté sur nous.

— Ne bouge pas ! a gémi Euphronie entre ses dents. Souris !

Une grimace a déformé mon visage. Normal, il fallait que je réussisse à avoir l'air normal… J'ai fait des efforts considérables pour éviter son regard. Si cet olibrius était celui que nous pensions, nous avions intérêt à ne pas croiser ses yeux. On lit beaucoup de choses dans les yeux, la méfiance, le doute, la colère… Pour lui échapper, Euphronie avait pris le parti de tripoter fébrilement son thermos. On aurait dit qu'elle tentait de désamorcer une bombe qui promettait d'exploser si elle la quittait des yeux une seconde.

J'ai senti l'homme nous évaluer, hésiter, revenir, s'interroger… puis renoncer. Nous étions invisibles, moi dans mon survêtement ruiné, Nini dans sa housse fleurie. Deux mémés posées sur leur banc : notre potentiel de fascination était égal à zéro. Il a passé la main dans ses cheveux d'argent, rejetant la mèche qui revenait sur son front.

— Trop de dents, trop de cheveux : la signature de l'escroc, a murmuré Euphronie.

Il a pris la monstresse par la main et s'est s'éloigné avec elle. Un joli couple père-fille. Un modèle pour tout le quartier…

Ils avaient à peine pris le tournant de l'allée que nous bondissions du banc pour nous précipiter vers l'immeuble. Par chance, un retardataire sortait au moment précis où nous arrivions devant l'entrée. Euphronie a coincé son pied dans la porte pour l'empêcher de se refermer.

— Les boîtes aux lettres ! a-t-elle lancé.

Elle s'est immobilisée brusquement devant le panneau métallique.

— Là, a-t-elle dit en écarquillant les yeux. C'est lui.

J'ai sorti mes lunettes. Sur la boîte, en lettres rouges, on lisait les initiales : AFD.

— Albin Fontaine-Desfontaines.

— Exact, a confirmé ma voisine. Renifle… tu ne sens pas comme une odeur de vase ?

Verte n'en revenait pas. Ce n'était pas tant de nous voir si tôt le matin qui l'étonnait que l'allure que nous avions dans nos vêtements normaux.

— Mais vous n'avez pas l'air normal ! a-t-elle protesté. Deux folles habillées avec des torchons, voilà de quoi vous avez l'air.

— Considérons alors que ça ne nous change pas beaucoup, a répondu Euphronie que le premier succès de sa journée incitait à la bienveillance.

J'étais moins affable. Je n'aime pas qu'on me parle brutalement.

— Pense ce que tu veux. En attendant, j'ai des choses à te dire et tu vas m'écouter.

Elle a levé les yeux au ciel et je me suis retenue de lui flanquer une gifle.

— Ray m'a raconté ce qui se passe au collège, le harcèlement, les jets de pierre (haussement de sourcils). Vous ne vous en sortirez pas toutes seules (demi-sourire dubitatif). Il y a une information qui t'échappe dans cette histoire (moue arrogante)…

— Mais…

— Tais-toi! C'est à mon élève que je m'adresse et mon élève se tait quand je parle! Des forces mauvaises sont à l'œuvre. Elles s'apprêtent à se manifester de façon éclatante. Ce qui se passe au collège n'est que l'avant-goût de ce qui se prépare. Si Pome est attaquée, c'est qu'au centre de la cible, il y a Clorinda. À travers elle, c'est nous toutes qui sommes visées…

— Nous?

— Moi, ta mère, Euphronie, Pome, toi et les quelques sorcières qui vivent par ici. Les Ténèbres ont besoin de victimes. Elles sont revenues pour le banquet du sacrifice et elles ont bien l'intention de s'en mettre jusque-là!

Euphronie me contemplait bouche bée, estomaquée par tant d'éloquence.

— Bien dit, Nana!…

— Nana? a répété Verte.

— Elle m'appelle bien Nini! a répliqué Euphronie.

Un sourire, un vrai cette fois, a éclairé le visage de Verte.

— Pardon, Nana, je ne savais pas…

— Je t'interdis de m'appeler Nana! C'est le privilège d'Euphronie.

— Et Maman? Tu as parlé avec elle?

À l'évocation d'Ursule, Euphronie a baissé la tête d'un air coupable. La traîtresse…

— Euphronie ! Tu ne l'as pas appelée ? Avoue !

— J'attendais…

— Tu attendais quoi ? Qu'on brûle en enfer ?

Je me suis tournée vers Verte.

— Je passerai prévenir ta mère dès que j'aurais averti Clorinda. Et Pome ? Qu'est-ce qu'elle fabrique ?

— Elle devrait déjà être là, a constaté Verte en regardant sa montre.

— Elle est souvent en retard ?

— Non. D'habitude, c'est moi.

J'ai jeté un bref regard à Euphronie.

— J'y vais, a-t-elle fait. J'espère qu'elle n'a pas eu de problème…

— C'est si grave que cela ? a demandé Verte d'une voix minuscule.

J'ai acquiescé.

— Oui. Peut-être même plus. Dis-moi, nous avons vu une gamine sortir du bâtiment D tout à l'heure, une créature qui marchait comme une machine télécommandée…

— Avec des cheveux longs ? Qui bouclent au bout ?

— Oui. Elle était accompagnée par un grand type avec des dents.

— Mauve. Elle est nouvelle. Les ennuis ont commencé un peu après son arrivée. Elle ne dit rien mais elle est toujours là quand les autres font des choses horribles. On dirait qu'elle les dirige. Pome la déteste tellement qu'elle l'a tapée, hier, à la sortie.

— Et comme la Mauve en question ne dit rien…

— … Pome passe pour une criminelle ! Le surveillant a dit devant tout le monde qu'elle était un chien enragé. Il n'a même pas voulu regarder le bleu qu'elle avait sous l'œil…

— Et les homoncules ? Sur les marronniers ?

— Ils sont partis.

— Depuis Mauve, n'est-ce pas ?

J'ai sorti un sachet de papier brun de mon cabas.

— Prends ça. Si elle te menace, saupoudre-la. Le temps qu'elle s'en débarrasse, tu seras tranquille. De mon côté, je recevrais quelques petites informations sur son compte. Ce n'est pas miraculeux mais ça peut être utile.

— Qu'est-ce que c'est ?

— Un mélange maison. J'y ai mis une bonne dose de gratte-cul et de l'œillet Fleur de Dieu.

— Tu t'arranges avec Dieu maintenant ?

— Ce serait dommage de se priver de l'Œil qui voit tout ! La fleur permet de lire à distance dans celui qu'elle touche, ce qui est très utile pour percer à jour les championnes de la dissimulation comme Mauve. Évite d'en renverser sur toi...

Verte rangeait le sachet dans son cartable quand Pome a surgi, essoufflée, les yeux rouges.

— Euphronie n'est pas avec toi ?

— Elle est restée pour aider Maman. Il y a une femme chez nous qui regarde partout et qui pose des questions... Elle dit que Maman est dangereuse et que je serais plus heureuse si je vivais dans une pension avec d'autres enfants... Comme quoi ce sont les voisins qui lui auraient tout raconté. J'ai cru que Maman allait la tuer mais heureusement madame Arsène est arrivée... Qu'est-ce qui va se passer, Anastabotte ? Euphronie la défendra ?

Compter sur Euphronie pour calmer Clorinda... C'était souffler sur de la braise. J'avais intérêt à me rendre sur place, et le plus vite possible.

Mais avant tout cela, je voulais accompagner les filles jusqu'à l'entrée du collège. Pome était si bouleversée que je pouvais la sentir trembler à distance. Pauvre gamine... Quand nous sommes arrivées, tous les visages se sont tournés vers nous. Les conversations se sont arrêtées. Les oiseaux eux-mêmes se sont tus dans les arbres. J'ai regardé les filles traverser le hall dans un silence de mort, avançant comme des prisonnières entre deux rangées d'enfants immobiles. J'avais le cœur serré de les laisser. Mais il fallait foncer à la rescousse d'Euphronie avant qu'elle ne balance la visiteuse de Clorinda par la fenêtre.

On pouvait entendre hurler à cent mètres. J'ai monté les étages aussi vite que me le permettaient mes vieilles jambes et j'ai carillonné à la porte. Euphronie m'a ouvert, les joues rouge brique et les yeux enflammés de colère. Elle m'a traînée dans l'appartement désordonné jusqu'au couloir où une pauvre créature s'accrochait désespérément à une poignée de porte. À côté d'elle, frémissant de rage, Clorinda menaçait, le bras tendu comme si elle guettait le moment de la frapper.

— Si par malheur vous appuyez sur cette poignée, je ruinerai votre existence, j'en ferai un cloaque si misérable que même les blattes vous fuiront…

— Cette folle veut entrer dans la chambre de la petite, a murmuré Euphronie dans mon dos.

Nous étions quatre personnes adultes, et pas des moindres, entassées dans le couloir étroit d'un appartement exigu. Si elle n'avait été explosive, la situation aurait été simplement ridicule.

— Madame ! Soyez raisonnable ! Lâchez cette porte ! ai-je lancé assez fort pour me faire entendre par-dessus les hurlements de Clorinda.

Clorinda s'est retournée avec la vivacité d'un serpent. Quand elle m'a reconnue, une lueur de soulagement est passée dans ses yeux. Elle voyait arriver une alliée, ce qui n'était pas le cas de la personne qui nous contemplait avec effarement, moi, mon survêtement et mon cabas.

— Vous êtes qui, vous ?

C'était le salut le plus discourtois que j'aie entendu de toute mon existence.

— Je vous retourne la question ! Qui êtes-vous pour me parler sur ce ton ?

Elle n'a pas eu le temps de me répondre. Clorinda s'était remise à crier.

— Elle m'a sortie du lit ! Elle m'a interrogée comme si j'étais une délinquante ! Et maintenant elle fait l'inspection, en espérant sûrement trouver un cadavre quelque part...

— Vous me dites que votre fille a sa propre chambre, a répondu la folle. Je ne vois pas pourquoi vous m'empêchez d'aller voir par moi-même.

Elle avait une voix déterminée. Mais j'en avais vu d'autres, des petites commandantes sûres de leur droit et que rien n'impressionne. Leur principal talent consiste à rendre dingue n'importe quel être de bonne volonté, et je ne parle pas de Clorinda qui ne compte pas la bonne volonté parmi ses qualités les plus évidentes.

— Faites-moi confiance, a-t-elle continué, indifférente à la colère de Clorinda. Je suis là pour vous trouver des solutions.

— Mais je ne veux pas de vos solutions ! a tempêté Clorinda. Solutions à quoi ? Il est où, le problème ?

La femme a levé les yeux. Elle a appuyé sur la poignée, la porte s'est ouverte et elle est entrée dans la chambre. Un instant, j'ai cru que Clorinda allait se précipiter pour lui arracher la tête. Mais elle s'est retournée vers moi, le visage défait.

— Tu sais quoi ? Elle veut m'enlever Pome.

La chambre n'avait rien à envier à celle de Verte. Des vêtements roulés en boule dans les coins de la pièce, un paquet de biscuits éventré sur le lit en bataille, des livres et des cahiers éparpillés partout, et qui sait ce qui se planquait sous le lit… Au mur, au-dessus du bureau débordant d'objets qui n'avaient rien à voir, de près ou de loin, avec les cours, une photo maladroitement punaisée : deux fillettes enlacées souriaient à l'objectif.

— C'est une chambre d'adolescente, ai-je lancé. Celle de ma petite-fille n'est pas rangée non plus.

La femme m'a jeté un regard glacial.

— Parce que vous élevez une enfant, vous aussi ? À votre place, je serais un peu plus vigilante que vous ne l'êtes sur ses fréquentations. À moins que vous n'approuviez la manière dont on vit ici, ou même que vous la partagiez…

J'ai vu le moment où elle allait débarquer chez Ray ou, pire, chez Ursule. À mon tour, j'ai senti la moutarde me monter au nez.

— Dites-moi, avant que je ne vous transforme en poubelle, qu'est-ce que vous fabriquez ici, exactement ?

— Vous êtes en train de me menacer ou je me trompe ? J'appartiens aux services sociaux. Nous avons été alertés par les voisins. L'enfant vivrait dans des conditions dangereuses et malsaines. Des plaintes ont été déposées et une enquête est en cours.

— Une enquête ? Allez-y, posez-moi des questions ! Je peux vous raconter comment vivent cette femme et sa fille certainement mieux que tous ces gens qui dénoncent.

— Vous me faites perdre mon temps, madame. Laissez-moi terminer mon travail.

Euphronie, qu'on n'avait pas entendue depuis quelques minutes, est revenue dans la bataille.

– Quel travail ? Il est terminé, le travail ! Ouste, dehors !

L'intruse a traîné encore quelques minutes, histoire de nous faire comprendre qu'elle se fichait de nos avis. Elle est sortie de la chambre en passant devant nous avec la considération qu'elle aurait accordée à des vieux meubles encombrant son chemin. Elle a repris son cartable et elle s'est dirigée vers la porte.

– C'est tout ? a grincé Clorinda. On vient chez moi comme au zoo et on part après la visite ?

– Je ne discuterai pas plus longtemps, a fait la femme. Il n'y a pas moyen de parler avec des gens comme vous. Je rentre faire mon rapport.

Elle est sortie sans saluer.

– Je crois que je vais la… a murmuré Clorinda en agitant les mains devant elle.

– Ce n'est pas du tout le moment, a tempéré Euphronie qui semblait avoir recouvré sa raison. Tu seras accusée de tout ce qui peut lui arriver. Le mieux, crois-moi, c'est encore de te taire.

– Mais qu'est-ce que je leur ai fait ? gémissait Clorinda, effondrée dans son canapé mité. Ils veulent quoi ? Que je les invite à l'apéro ? Que j'organise la fête des voisins ?

La fin de la matinée approchait et nous étions calfeutrées dans le salon à l'écouter se lamenter. Une chose était certaine : elle ne se rendait absolument pas compte de l'effet qu'elle produisait sur son entourage. À l'entendre, on aurait cru qu'elle était la plus discrète, la plus accommodante des voisines.

— Il y a eu cette histoire de perruches, c'est vrai. Mais ce n'est pas vraiment moi qui les ai tuées. Elles seraient mortes de toute façon, ces bêtes. Elles n'auraient jamais survécu dans cette cage ridicule, sur ce balcon venteux. J'ai abrégé leur supplice. Il n'y a pas de quoi m'en vouloir. Pas au point de m'enlever ma fille !

— Tu ne travailles jamais chez toi ? Ils auraient pu se plaindre de bruits, ou d'odeurs…

Elle a réfléchi, elle a secoué la tête.

— Rien de bien méchant. Leur télé fait plus de vacarme que moi. Quant aux odeurs, ce n'est pas moi qui fais griller des sardines le week-end. Je travaille, il faut bien que je paie le loyer.

— Tu travailles ?

— Un peu de voyance sur internet. Des amulettes, des petits philtres. J'ai ma clientèle.

— Quel genre de philtres ? a demandé Euphronie.

— Des aides à l'Amour, il n'y a que ça qui intéresse les gens. Ça ne sent pas spécialement mauvais, ce genre de produits. Ce n'est pas comme si j'ensorcelais les porcheries. Qu'est-ce qu'on me reproche ?

Elle était complètement perdue.

— Ce n'est pas tout... J'ai reçu une lettre du propriétaire qui veut me faire expulser. Soi-disant que je perturbe la vie de l'immeuble. Mais je ne peux pas m'en aller ! Où j'irais habiter ? Et Pome ? Qu'est-ce qu'elle ferait sans Verte ?

— Les voisins, l'assistante sociale, le propriétaire... a énuméré Euphronie. Et puis ?

— Regarde devant la télé. Le tas d'enveloppes. Je les reçois, je ne les ouvre pas. Je sais ce que je vais trouver dedans : des ennuis. Tout le monde me tombe dessus. Pourquoi tous ensemble ?

Euphronie feuilletait les enveloppes en claquant des lèvres pour marquer sa consternation.

— Tu es sûre que tu ne veux pas les ouvrir ?

Clorinda a relevé la tête. Elle avait les yeux cernés et la paupière agitée de tics.

— Tu crois que je n'ai pas assez de soucis comme ça ?

— C'est idiot de s'enterrer la tête dans le sable,

ai-je dit. Tu devrais faire comme tout le monde. Ouvrir ton courrier et reprendre les choses en main.

— Mais je ne peux pas faire comme tout le monde ! Je suis une sorcière, Anastabotte ! Comment veux-tu que je change ?

Euphronie a tapé du plat de la main sur l'accoudoir de son fauteuil.

— Elle a raison ! Ce que veulent tous ces gens, ce n'est pas changer Clorinda. C'est la brûler. Et tu le sais, Nana !

— Qu'est-ce qui se passe ? a demandé Clorinda en se tordant les mains nerveusement. Vous savez des choses que je ne sais pas ?

— Oui, ai-je dit. Respire calmement. Je vais te raconter.

Mauve, Albin Fontaine-Desfontaines, les filles harcelées... Mon récit avait de quoi terrifier des êtres plus coriaces que Clorinda. Je me préparais à devoir la réconforter quand, à mon étonnement, c'est l'inverse qui s'est produit. La sorcière consumée par la crainte s'est métamorphosée devant nous. Son regard a retrouvé un éclat que j'aurais qualifié de démoniaque si ce mot n'avait pas été déplacé dans les circonstances que nous traversions. Affronter un ennemi véritable, voilà qui lui convenait. Dans le fond, elle ressemblait à Euphronie. Elle était si enthousiaste qu'il a fallu la freiner.

— Il n'est pas question que tu sortes de cet appartement, a déclaré Euphronie, et certainement pas pour défier Albin Fontaine-Desfontaines. Pour l'heure, il est plus puissant que toi. Il manipule toute la violence négative de ce quartier. Tu vas nous faire le plaisir de t'enfermer en attendant que nous sachions comment l'affronter.

— Je vais devenir dingue, toute seule ici ! a plaidé Clorinda.

— Tu nous attendras, ai-je dit. Nous allons revenir.

Clorinda a hoché la tête avec un mince sourire qui n'augurait rien de bon. Nous n'avions pas intérêt à lui laisser les mains libres trop longtemps. Elle était capable de n'importe quoi.

— Et moi ? m'a demandé Euphronie. Je fais quoi, moi, maintenant ?

Nous remontions les allées à grandes enjambées. L'air était lourd et chargé de poussières irritantes.

— Rentre chez toi et noue des sorts de désenvoûtement. Nous en aurons besoin quand les Ténèbres lâcheront les simples vivants contre nous. Il faudra du matériel pour les calmer…

— C'est ça, a ronchonné Euphronie. Je me tape le sale boulot. Comme d'habitude.

— Ne fais pas la tête ! Tu réussis les nœuds mieux que personne.

Nous bavardions à voix basse quand une exclamation m'a sortie de nos préoccupations.

— Anastabotte !

Puis, un ton en dessous :

— Euphronie…

Ray, mon bon ami, portait la veste et la cravate. Il était d'une élégance remarquable pour un jour de semaine. Planté au milieu du chemin, il nous évaluait tristement du regard. S'il pensait avoir vu le pire avec nos vêtements de travail… eh bien, il s'était trompé.

— Nous revenons de chez Clorinda…

Son visage s'est éclairé.

— Parfait ! Je comptais me rendre chez elle mais puisque vous en venez…

— C'est pour elle que vous avez sorti l'habit ? a remarqué Euphronie sur un ton sarcastique.

— Je reviens du commissariat.

J'ai soupiré.

— La police ? Mais enfin, Ray… La réaction du collège ne t'a pas suffi ?

— Pardonne-moi, Anastabotte, mais la première

chose à faire, dans un cas de trouble à l'ordre public, est de prévenir les autorités compétentes…

— Et alors ?

— J'ai été reçu avec une mauvaise volonté scandaleuse ! On m'a baladé de guichet en guichet avant de me faire comprendre que mes histoires n'intéressaient personne et que les gosses se débrouilleraient entre eux. Mais ils ne perdent rien pour attendre… Ils vont voir ce qu'ils vont voir !

Euphronie le contemplait avec une ironie à peine dissimulée.

— Vous ne vous laissez pas marcher sur les pieds, vous ! Vous nous excuserez mais nous sommes obligées de vous quitter, n'est-ce pas, Nana ?

— Bien, a fait Ray d'un air déçu. Je vous salue, mesdames.

Il aurait certainement aimé que je m'arrête chez lui pour boire un café. En d'autres temps, j'aurais accepté avec joie. Mais il fallait repousser les manifestations de tendresse à plus tard. Je l'ai quitté à regret et je suis rentrée chez moi.

J'ai glissé la clé dans ma serrure avec soulagement. Les émotions de la matinée m'avaient épuisée. C'était une impression délicieuse de remonter le couloir. Après l'atmosphère hostile dans laquelle j'avais baigné toute la matinée, je me laissais embrasser par l'esprit de la maison. Je respirais l'air chargé d'effluves familiers. Les odeurs de cire, le parfum des amandes, des résines et des fleurs blanches… il arrive qu'on voie la matière du monde les yeux fermés bien mieux qu'on ne la verrait les yeux ouverts, quand les formes et les couleurs masquent la vérité des choses. Tous ces parfums enchantaient la mémoire, et j'ai pensé à Gervais. Je n'avais aucune envie de gâcher ce moment en me précipitant chez ma fille. Je pouvais m'accorder quelques instants de répit. D'autant que je comptais les mettre à profit… J'étais extrêmement curieuse de savoir si Verte avait réussi à poudrer la monstresse.

Le bois bouilli d'Akparasie brûle sans flamme. Il dégage un halo de chaleur très net et si clair qu'il fait loupe. En appelant à soi l'image que l'on souhaite, on peut l'apercevoir, grossie par l'effet de lentille. J'ai allumé le réchaud à gaz et posé le bois sur une grille. La chaleur est montée très vite, dessinant une ampoule lumineuse dans la pénombre de la cave. Le plus simple était d'appeler l'œillet Fleur de Dieu, ce que j'ai fait, plongée dans un état de concentration profonde. Il est toujours étrange pour une sorcière d'appeler les images proches de Dieu. Elles créent un frémissement qui, s'il n'est pas vraiment désagréable, laisse essoufflée comme par un excès d'oxygène. Si cette Mauve portait la poudre sur elle, je devais pouvoir la localiser… Je n'ai pas cherché longtemps. Elle est entrée dans mon regard avec une violence qui m'a surprise. Je ne la voyais pas, elle. Je voyais à travers elle. Les silhouettes des gosses passaient autour de son centre translucide, et ce n'était pas spécialement joli à voir. Elles laissaient des traînées de boue noire traversées de reflets métalliques. Tout ce qui passait à proximité de Mauve se transformait en coulée répugnante. Je n'étais pas étonnée. Elle était une authentique Fabricante du Mal, une turbine à produire de la malfaisance. Voilà ce que les Ténèbres nous avaient dépêché sous l'apparence d'une poupée en casque blond. Mais où était Verte ? Elle n'apparaissait nulle part. Pas de trace de Pome non plus. J'aurais pourtant dû percevoir quelque chose. On n'escamote pas aussi facilement une sorcière, même débutante. Où s'étaient-elles cachées ?

J'ai si bien cherché que j'ai laissé passer l'heure. Il a fallu que le bois d'Akparasie se consume entièrement et que la loupe se rétrécisse sous mes yeux pour que je me souvienne… Ursule ! J'avais promis de passer chez Ursule !

Je suis remontée dans la cuisine. La pièce était baignée dans une lumière d'or difficilement supportable pour les yeux. La bague, toujours posée sur l'étagère, resplendissait comme une étoile naissante. Elle m'offrait son aide, elle attendait que je la prenne, que je la passe à mon doigt et que j'en vienne aux choses sérieuses.

— Non, ai-je murmuré. Non… Pas encore…

Si j'avais répondu à la bague à cet instant, nous nous serions épargné bien des épreuves. Mais je ne voulais pas court-circuiter le temps. Pas avant d'avoir essayé les autres chemins. Je suis restée à distance. Quand elles sont actives, ces bagues dégagent une telle puissance d'attraction qu'il est presque douloureux de leur résister. Je l'ai laissée sur l'étagère et je suis sortie de chez moi. Ursule d'abord. Verte ensuite. Mais où étaient passées les gamines ?

Ma fille était devant chez elle. Elle fermait sa porte tout en terminant d'enfiler son manteau. Quand elle m'a vue arriver, elle m'a lancé un regard féroce.

— Tu sais où sont les filles ? a-t-elle lancé sans prendre la peine de me dire bonjour.

— Au collège ?

— Non. Elles ont disparu en milieu de journée.

— Euphronie devait les attendre à la sortie...

— Parce que c'est elle qui attend ma fille à la sortie des cours ?... a rugi Ursule. Cette vieille taupe qui n'est plus sortie de chez elle depuis l'an 2000 ?

— Ne t'énerve pas, chérie... Il faut que je t'explique...

— Je veux, oui ! Ta voisine troglodyte appelle chez moi pour m'informer que ma fille s'est évanouie avec sa copine, et je dois trouver que c'est normal ?

— Ne crie pas... Je vais t'expliquer.

Elle a ouvert les portes de sa voiture. Je me suis installée à côté d'elle. Le temps du trajet, je lui ai résumé ce que je savais, les premières alertes lancées par Ray, notre incursion devant le bâtiment D, la visite à Clorinda et ce que j'avais vu à travers la poudre d'œillet Fleur de Dieu. Ma fille m'écoutait les lèvres pincées, concentrée sur sa conduite. Mais sa rage était si forte qu'elle chauffait l'habitacle de sa petite voiture jusqu'à l'étouffement.

— Je ne sais pas laquelle est la plus misérable en toi, a-t-elle déclaré quand j'en ai eu fini, la sorcière, la mère ou la grand-mère. Dans les trois rôles, tu es nulle, et je ferai tout ce qui sera en mon pouvoir pour que tu sois rétrogradée.

— Ursule, ai-je dit, tu feras une demande en déchéance quand nous en aurons fini avec le combat qui vient. Et à condition que nous en sortions victorieuses. En attendant, il faut nous serrer les coudes.

— C'est toi qui joues ta partie toute seule ! Tu me mets à l'écart, même de ce qui arrive à ma propre fille !

— Pardonne ou ne pardonne pas, Ursule. Mais rejoins-nous.

— Qui, nous ?

— Clorinda, Euphronie. Ray aussi, qui fait ce qu'il peut avec ce qu'il sait. Ensemble, nous pouvons nous défendre. Séparés, nous serons pulvérisés.

— Je n'ai pas le choix, a maugréé Ursule. Mais tu ne perds rien pour attendre, crois-moi.

Elle a freiné devant le collège dans un grand crissement de pneus, projetant du gravier tout autour de nous. Quand nous sommes sorties de voiture, un rassemblement de badauds et de parents nous observait, et je peux vous jurer qu'il n'y avait rien d'amical dans leurs regards. Un murmure a traversé le groupe : « La mère, voilà la mère… » Une grande silhouette s'est avancée vers nous. En dépit de l'atmosphère tendue, un sourire éclatant barrait son visage.

— Vous êtes la mère de Verte ? a susurré Albin Fontaine-Desfontaines en se penchant vers Ursule. Il va falloir être courageuse, madame. Personne ne sait avec certitude ce qui a pu arriver à votre fille. L'enquête s'oriente vers la mère de Pome…

À l'évocation de Clorinda, un grondement furieux a parcouru le groupe.

— Une délégation de parents est en route pour se rendre chez elle, a poursuivi la voix mielleuse. Nous pensons qu'elle peut représenter un danger.

Ses paroles semblaient s'adresser moins à nous qu'à ceux qui l'entouraient. Au fur et à mesure qu'il parlait, on pouvait voir leurs yeux se vider et leurs corps se raidir, comme s'ils durcissaient de l'intérieur. J'ai jeté assez de sorts dans ma vie pour reconnaître ce qui était en train de se dérouler : nous étions en plein envoûtement.

— Qu'est-ce qu'on fait ? ai-je murmuré à l'oreille d'Ursule.

— Aucune idée, a répondu ma fille d'un ton défait. Mais je peux te dire que ça pue le bûcher à plein nez. Qui est ce type qui parle comme un serpent ?

SOUFI

Je ne pensais pas que c'était grave. Tout le monde a vu des gens se faire harceler au collège. En général, il suffit d'être patient et d'attendre que ça passe. Les méchants finissent par se fatiguer. Ils trouvent une autre occupation, ils changent de victime et on n'en parle plus. Je sais qu'il ne faut pas accepter le harcèlement. Moi aussi j'ai écouté les discours qu'on nous fait dans les classes. Je ne dis pas qu'ils ne servent à rien. C'est toujours intéressant d'entendre des vieilles personnes nous expliquer ce que nous vivons tous les jours. Ils disent de belles phrases et nous les écoutons. Ensuite, ils rentrent dans leur association, nous restons au collège, et la vie continue. Parfois, ils nous parlent de la violence, ou de la drogue, ou du tabac, tout dépend de ce que demande le principal. Franchement, ça fait plaisir qu'ils pensent à nous. Pendant ce temps-là au moins, on n'a pas cours.

Quand Verte et Pome m'ont raconté ce qui leur arrivait, j'ai pensé que ce n'était pas drôle pour elles mais qu'elles sauraient se défendre. Elles ont des moyens personnels de se venger et je crois qu'elles s'en sont servi une fois ou deux (même si elles n'en ont pas le droit). Je me souviens de cette histoire de piscine où les filles s'étaient couvertes de poils, et après tout le monde avait dit que c'était une intoxication alimentaire. Elles en ont rigolé pendant des semaines. Je ne dis pas qu'elles ont eu tort, je dis qu'elles ne font pas attention aux conséquences.

Elles sont toujours toutes les deux, à faire leurs petites affaires ensemble. Ce n'est pas le genre d'attitude qui fait plaisir aux autres. Ils pensent qu'elles se donnent des airs supérieurs. La vie au collège exige une politesse : il faut faire attention à ne pas avoir l'air de se moquer parce que après c'est un manque de respect. Si on est juste normal et que personne ne se sent méprisé ou insulté, ça va.

Donc, quand Verte m'a dit que les gens étaient tout le temps après elles, j'ai pensé que c'était normal et que ça passerait comme la pluie. J'ai eu tort. Dans la vie, il arrive qu'on se trompe à cause d'idées trop faciles que l'on a. Je ne l'avais pas compris avant. Je l'ai appris. Notre premier ennemi, ce sont les idées trop faciles.

J'ajoute que, dans mon cas, il était spécialement compliqué de mesurer l'importance des événements parce que nous ne sommes pas dans le même collège. Nous n'habitons même plus le même quartier. Depuis que j'ai déménagé, nous nous voyons à l'entraînement ou pendant le week-end. Pourtant, en dehors de ma famille, Verte est la personne que j'aime le plus au monde. En deuxième, j'aime Pome. Je ne peux pas dire que je les aime à égalité, étant donné que j'ai d'abord rencontré Verte, et pour des raisons sentimentales par ailleurs. Mais si je n'aimais pas autant Verte, j'aimerais peut-être Pome de cette façon sentimentale, encore que je n'en sais rien, je m'embrouille…

En dehors du sentiment, j'ai eu la chance d'entrer dans la famille, ce qui a tellement resserré nos liens qu'on peut dire que nous sommes ligotés par un sac de nœuds. Disons que la grand-mère de Verte a été assez gentille pour faire de moi ce que je suis désormais, un garçon normal avec une partie anormale. Grâce à sa permission, je suis capable de certaines activités exceptionnelles, telles que jeter des sorts ou voir des choses invisibles. Entre autres. C'est étrange, je le sais, aussi j'évite d'en parler autour de moi. Même ma mère n'est pas au courant. J'ai de bonnes raisons de me taire. Par exemple, si je parle, la grand-mère de Verte a juré qu'elle me changerait en crapaud et qu'elle me larguerait sur l'autoroute. Ça donne à réfléchir. Plus simplement, n'importe qui peut comprendre que raconter ce genre de choses, c'est chercher les ennuis.

Enfin, pour être vraiment sincère, j'ajoute que notre amitié doit beaucoup au sport. Je me débrouille pas mal au foot. Verte a un bon potentiel, son problème, c'est le sérieux. Pour Pome, d'accord, elle est nulle. Mais elle s'entraîne, ce qui devrait l'aider à s'améliorer (en tout cas, c'est ce qu'elle croit). Gérard, notre entraîneur, était mon entraîneur avant d'être le père de Verte, si je peux m'exprimer comme ça. C'était quand nous étions encore en primaire. Maintenant il est notre entraîneur à tous les trois, et le père de Verte. Personnellement, j'ai un père à la maison. Pome n'en a pas mais Gérard ne peut pas tout faire, c'est clair. Je ne sais pas si je me fais bien comprendre en dépit de mes efforts. En bref, voilà comment nous sommes liés par la famille, par l'histoire et par l'amour, ce qui n'est pas rien, surtout à notre âge.

D'abord, ça s'est passé au stade. Verte m'a pris à part dans le vestiaire pour me parler de Pome. Normalement, elles ne disent rien dans le dos l'une de l'autre. Il fallait que les choses aillent vraiment mal pour qu'elle m'informe en secret.

— Ce n'était pas aussi dur avant. Tout a changé avec l'arrivée de la nouvelle. Ils font des choses qu'ils ne faisaient pas avant. Ils insultent la mère de Pome tout le temps. Ils mettent des petits mots horribles dans sa trousse ou dans son cartable. Ils rient derrière elle, ils font des bruits d'animaux quand elle passe. Un jour, il y avait de la colle sur sa chaise. Un autre jour, quelqu'un a mis des saletés dans son assiette à la cantine. Ils inventent toujours quelque chose, on ne peut pas se préparer…

— Et toi ? Ils t'attaquent aussi ?

— Ils ne peuvent rien dire sur ma mère parce qu'elle n'habite pas le quartier. Mais ils me pourrissent la vie parce que je suis son amie. Ils disent que les cochonnes se reconnaissent à l'odeur. Quand ils lancent des pierres sur Pome, forcément ils me touchent aussi…

— La nouvelle… Tu l'as vue faire des trucs contre vous ?

— Non, pas vraiment. Elle ne fait rien, mais on

dirait qu'elle indique ce qu'il faut faire. Sa force, c'est que chaque personne de ce collège a envie d'être son amie. Même les profs, même les surveillants sont à genoux devant elle. Et comme elle rigole avec n'importe qui, personne ne trouve qu'elle a l'air supérieur. Elle parle à voix basse au milieu de ses admirateurs et ils ricanent en nous regardant… Oh Soufi… Je voudrais tellement qu'elle quitte le collège pour que tout redevienne comme avant !

Elle s'est mise à pleurer. La situation était horrible. Je me suis approché d'elle et je l'ai entourée avec mes bras. Ceux qui pensent que les sorciers sont des superhéros n'y connaissent rien. Les sorciers sont justes des sorciers. Ils sont capables de voir des homoncules mais ils ne peuvent rien contre la méchanceté.

Ensuite Pome est entrée dans le gymnase et elle a pleuré aussi. Je n'avais que deux bras. Je ne pouvais pas rassurer tout le monde à la fois. Je ne savais vraiment plus quoi faire. Je me suis senti minable, ce sont des choses qui arrivent.

Le soir même, j'ai appelé Verte et je lui ai conseillé de parler à ses parents. Il fallait que quelqu'un le lui dise. Elle n'a peut-être pas eu l'intervention sur le harcèlement dans son collège.

— Mauvaise idée, je te dis tout de suite. Ils paniquent pour n'importe quoi. En plus, ma mère dira que c'est de ma faute. Pour elle, tout est toujours de ma faute.

— Anastabotte alors ?

— Je ne veux pas l'embêter. Elle ne pourra pas s'empêcher de se faire du souci...

— Ray ? Gérard ?

— Oh Soufi... Qu'est-ce que tu veux qu'ils comprennent ? Ils n'ont aucune idée de comment ça marche... Tu parlerais à tes parents, toi ?

J'ai imaginé la tête de ma mère et j'ai bien été obligé de répondre non.

Toute la nuit qui a suivi, j'ai rêvé de cette nouvelle personne malfaisante. Elle m'apparaissait le plus souvent sous la forme indécise d'une méduse, ce qui m'a donné un certain nombre d'idées.

J'ai donc rappelé Verte le lendemain, à l'heure du dîner.

— Cette fille, elle arrive, et d'un seul coup elle est votre ennemie. Comme si elle vous connaissait avant. C'est bizarre. Parce que d'habitude, on attend de connaître les gens avant de les détester.

— Je sais bien... Et le plus bizarre, c'est qu'elle a

été tout de suite populaire! Comme si tout le collège l'attendait…

Je le dis en passant, même si ce n'est pas le moment : Ooooh, j'adore parler avec Verte quand on se comprend tellement bien ! C'est comme si on était les deux mains du même corps ou les deux hémisphères du même cerveau. Ou les deux côtés de la même table de ping-pong.

— Tu n'as jamais pensé qu'elle pouvait être comme toi ?

— C'est-à-dire ?

— Sorcière.

— Si c'était le cas, je l'aurais reconnue. Ou alors c'est elle qui m'aurait trouvée.

— Tu penses que c'est une simple vivante ?

— Quoi d'autre ?

Je n'ai pas su répondre. Dans mon rêve, elle ne ressemblait pas à une vivante. Elle n'avait pas de couleur.

— Si tu arrives à prendre un objet qui lui appartient, une trousse, un habit ou même un cheveu, je peux essayer de deviner ce qu'elle est.

— Moi aussi, je peux…

— C'est plus facile pour moi. Toi, tu as déjà tellement d'émotions que tu ne verras rien.

— Sincèrement, ça ne me fait pas très plaisir que tu voies quelque chose que je n'arrive pas à voir. En plus, tu es un garçon.

Là, vraiment, elle m'a énervée.

— Fais comme tu veux. Je disais ça pour t'aider. Mais arrête d'être sexiste. C'est bête.

Ce n'était pas très malin de se disputer alors qu'on s'entendait si bien cinq minutes plus tôt. Le résultat, c'est qu'elle ne m'a pas rappelé. Plus grave, ni elle ni Pome ne sont venues à l'entraînement du mercredi. Je me suis dit qu'elles étaient vexées et les choses en sont restées là. J'aurais dû me méfier. Quand vos amis s'enferment chez eux, c'est rarement parce qu'ils sont en pleine forme.

J'étais sorti tôt. Je revenais du collège en traversant le grand jardin. Il n'y avait pas grand monde dehors, pas d'adolescents sur le kiosque, pas d'enfants dans le bac à sable.

Elles m'attendaient, recroquevillées dans le petit abri sombre du château de bois, celui qui fait passerelle et toboggan. Même si elles ne m'avaient pas appelé, j'aurais pu les trouver. Elles étaient dans un tel état d'excitation que leur aura rayonnait toute bleue à travers les planches. De près, on pouvait la voir crépiter comme un feu de Bengale. Je me suis plié en deux pour les rejoindre dans leur refuge.

— Tiens, a dit Pome en me tendant ce que j'ai pris d'abord pour un chiffon de laine. Pour toi.

— Qu'est-ce que c'est ?

Question superflue. J'ai su immédiatement, dans la peau de ma main : c'était un touillon de cheveux. Des cheveux épais et blonds, solides, presque élastiques, comme s'ils étaient de silicone. Ils dégageaient une chaleur désagréable, et qui semblait vouloir pénétrer ce qu'ils touchaient.

— Ses cheveux, a fait Pome.

Les filles avaient du mal à s'expliquer. Leurs visages étaient tendus, leurs voix étaient tendues, leurs gestes même étaient tendus. Elles étaient carrément traumatisées. J'ai fait face du mieux que j'ai pu. Je suis resté très calme. Je remarque au passage que le calme est aussi contagieux que la peur car le crépitement bleu a diminué, la tension s'est apaisée et les mots se sont ordonnés. Et voici ce qui s'était passé.

Anastabotte avait accompagné Verte et Pome jusqu'au collège, ce qui était une mauvaise idée parce qu'elle portait un survêtement pourri qui lui donnait une allure misérable. Quand les filles ont passé la porte, les choses n'ont pas eu besoin de dégénérer parce qu'elles étaient déjà complètement dégénérées. Chaque fois qu'ils les croisaient, les élèves sifflaient des insultes entre leurs dents. Compte tenu du nombre de gens qu'on croise toute la journée dans un collège, c'était comme si l'injure ne s'arrêtait jamais. Pendant la matinée, dès que le prof avait le dos tourné, des petites boulettes de papier froissé se sont mises à tomber sur leur table. Verte en a déplié une. Un dessin dégoûtant montrait une femme avec une tête de chèvre, et quelqu'un avait collé des lettres découpées qui disaient que la mère de la cochonne était une vieille chèvre. Elle a essayé d'empêcher Pome d'en déplier une à son tour, mais bien sûr elle n'y est pas arrivée. Le plus effrayant était que toutes les boulettes portaient la même image. Quelqu'un avait fait des photocopies exprès, il y en avait des dizaines et des dizaines, et ça, vraiment, c'était effrayant.

Elles ne sont pas allées à la cantine parce qu'il était impossible de prévoir ce qui allait se passer, sauf que ça se passerait mal. Elles ont attendu le début des cours de l'après-midi sous le préau. C'est peut-être à ce moment-là que quelqu'un a glissé une boîte infecte dans le sac de Pome. Pendant le cours d'anglais, des tas d'insectes en sont sortis. Quand elle a voulu prendre un cahier dans son sac, Pome a ressorti sa main couverte de vermine. Elle a hurlé et les insectes se sont mis à courir partout sous les tables. Le prof l'a chassée de la salle en l'accusant d'apporter des immondices à l'école. Il lui a dit aussi qu'elle irait en conseil de discipline et qu'elle serait renvoyée. Puis quelqu'un a attrapé le sac et l'a jeté sur elle. Elle est sortie en pleurant et Verte était tellement dégoûtée qu'elle l'a suivie sans demander la permission. Elles ne sont pas allées chez le principal. Elles se sont cachées sous l'escalier pour reprendre leurs esprits et réfléchir à la suite des événements. À la fin du cours, les élèves ont descendu l'escalier dans le vacarme habituel, et elles ont entendu Mauve qui disait :

— C'est toi qui as apporté toutes les bestioles ? Il en est sorti des quantités…

— J'en ai mis le maximum dans la boîte, a répondu la fille qui avait l'air de chercher des compliments.

— Je suis certaine qu'elle avait déjà de la vermine sur elle, a insisté Mauve. Ce genre de filles, tu peux faire toutes les saletés que tu veux, elles ont toujours une longueur d'avance.

— Je ne comprends pas comment on peut être aussi dégoûtante, a fait la voix d'une autre fille.

— Cherche pas à comprendre, a affirmé Mauve. Ce n'est pas la même chose pour elle et pour toi. Elle aime la crasse. Tout ce qui te répugne lui fait plaisir.

Puis une voix d'adulte s'en est mêlée :

— Quelqu'un peut me dire ce que c'est que cette infection en salle d'anglais ?

— C'est Pome, a dit Mauve.

— On m'a dit Verte…

— Je n'ai pas bien vu. Mais comme elles sont tout le temps ensemble, alors oui, peut-être.

— Ces deux-là, a fait la voix, ça commence vraiment à poser un problème. Il y a des limites à tout…

La voix d'adulte s'est éloignée en grommelant et Mauve a gloussé au milieu de ses admirateurs. Pome n'en pouvait plus d'écouter sans répondre. Elle a pété les plombs. Elle est sortie de son abri sous l'escalier. Elle devait avoir l'air vraiment furieuse parce que les ricaneurs se sont écartés avec un courage remarquable. Seule Mauve ne s'est pas démontée.

— On ne t'a pas vue à la cantine, a-t-elle dit. Mais si tu cherches à manger, il te reste des petits copains un peu partout dans la classe. Tu peux monter les ramasser.

Pome n'a rien dit. Elle a fait un pas vers Mauve et elle l'a attrapée par les cheveux, une pleine poignée de cheveux qu'elle a tirée vers elle lentement mais avec une telle force que Mauve a été obligée de plier les genoux et de baisser la tête. Autour d'elle, ils se sont tous mis à piailler comme des oies.

— Lâche-la… a murmuré Verte.

— Jamais, a répondu Pome.

Mauve a levé le visage vers elle. Elle ne pleurait pas, elle ne grimaçait pas. Elle souriait. Ses yeux étaient bleu glaçon et elle a dit :

— Sorcière… Sale sorcière…

Alors Verte a sorti de sa poche l'enveloppe d'Anastabotte. Elle l'a ouverte au-dessus de Mauve et elle en a renversé le contenu. Elle a bien secoué l'enveloppe, bien bien, tranquille. Toute la poudre est tombée sur Mauve qui s'est mise à pousser des cris affreux. Les cheveux, elle s'en fichait. Mais la poudre d'Anastabotte, c'était une autre histoire. La chose étonnante, c'est que Verte a crié aussi. Dès que la poudre touchait Mauve, elle dégageait des fumées noires qui remontaient vers elle. Tout le monde voyait qu'il ne s'agissait pas d'une bagarre ordinaire entre filles, ce qui explique aussi que personne n'ait eu envie de s'en mêler. On sentait que d'autres forces s'affrontaient, qui fichaient une trouille horrible aux gens. Tout d'un coup, Mauve a secoué la tête avec une telle violence qu'elle est parvenue à se libérer. La poignée de cheveux est restée dans la main de Pome. Sans la poudre, Mauve se serait précipitée sur elle pour l'étrangler. Mais elle se roulait par terre en gémissant. Elle se grattait furieusement devant le cercle de ses admirateurs pétrifiés de terreur.

Les deux filles n'ont pas hésité longtemps. Elles ont détalé vers la sortie. Le temps que les surveillants se mettent à leur poursuite, elles sautaient par-dessus la grille. Ensuite, je les ai retrouvées dans le château de bois et voilà où je reprends mon histoire.

— Je les ai arrachés pour toi, a dit Pome.

— Un seul aurait suffi. Je n'ai pas besoin d'une poignée.

Elle a eu un petit sourire.

— Pas de problème. Ça m'a fait plaisir.

J'ai posé le touillon de cheveux à côté de moi sur le banc. Je détestais le tenir dans la main.

— Vous voulez que je regarde ça quand?

— Maintenant, a fait Verte.

— Je ne peux pas le faire ici! Les petits vont arriver à quatre heures et demie…

— Fais-le où tu veux. Mais le plus vite possible. Il faut que tu comprennes trois choses. Un, vu que Pome a scalpé Mauve et que je l'ai empoisonnée par saupoudrage, on ne peut pas retourner au collège. Deux, Pome ne peut pas rentrer chez elle à cause de la folle qui veut la confisquer à sa mère. Trois, des créatures mauvaises sont actuellement en train de chercher le moyen de nous éliminer. Il faut que tu nous aides.

— C'est tout ?

Dans mon esprit, c'était un peu une plaisanterie. « C'est tout ? » voulait dire : « Tu te fiches de moi ? Tu es en train de ruiner ma vie et tu trouves ça normal ? Tu penses que je suis Superman ou quoi ? » Mais apparemment le sens de l'humour était passé de mode. Verte m'a regardé froidement et elle a dit :

— Oui, c'est tout. Pour les complications, on verra plus tard.

Ce qui s'est passé, c'est que je les ai emmenées chez moi. Je n'avais pas d'autre endroit où aller, d'une part. D'autre part, elles n'avaient pas mangé. Les petits n'étaient pas rentrés de l'école ni mes parents du travail. C'était libre accès aux placards et pas de questions inutiles. Au moins, tant qu'elles mangeaient, elles me fichaient la paix. Je les ai installées dans la cuisine devant des céréales et je me suis enfermé dans les toilettes avec les cheveux. Je ne voulais pas qu'on me surprenne. Les toilettes sont la seule pièce de l'appartement équipée d'un verrou. Le local est un peu exigu mais pour ce que j'avais à faire, je n'avais pas besoin de beaucoup de place. Donc j'ai verrouillé la porte, j'ai rabattu le couvercle, j'ai posé les cheveux dessus et je me suis mis à genoux pour les regarder de près. Certaines pratiques demandent des outils spécialisés mais dans mon cas, je n'ai pas besoin de matériel. Je dois seulement obtenir une bonne qualité de concentration, ce qui ne va pas de soi quand on est enfermé dans trois mètres carrés, face à une cuvette de porcelaine blanche, coincé entre un stock de rouleaux de papier hygiénique et une collection de vieux magazines d'information municipale. Par chance, je suis un garçon sérieux et concentré, ce dont témoignent mes bulletins depuis le CP («Avis du directeur : élève sérieux et concentré. Continuez»). J'ai ouvert les mains au-dessus des cheveux, j'ai fermé les yeux et j'ai rassemblé ma pensée pour l'empêcher de se perdre. Il faut que je n'aie plus rien en tête pour que les images viennent à moi. Les gens pensent que les imbéciles ont la tête vide…

On voit qu'ils n'y connaissent rien. Les imbéciles ont la tête pleine de bazar et c'est précisément ce qui les empêche de réfléchir. Quand je n'ai plus pensé à rien, quand mon esprit s'est trouvé aussi lisse et léger que l'air, j'ai senti les cheveux se rapprocher de moi. La mauvaise chaleur irradiait toujours mais elle avait maintenant une consistance. Elle était épaisse et solide. Elle faisait écran entre ma volonté et ce que je cherchais. J'avais beau me concentrer, elle résistait. Des bruits de cloche sont arrivés dans mes oreilles, puis rapidement un vacarme assourdissant où se mêlaient des chocs et des déraillements, des soupirs et des hurlements… Je n'ai pas craqué. Je savais que si je tenais assez longtemps, l'écran finirait par céder. Le tout était de résister à la douleur sourde créée par le bruit. J'avais raison. L'écran a capitulé… Il s'est désagrégé. Aussi simple que ça. Plop. Pffuit… Et j'ai entamé l'ascension. Je suis monté, monté, monté. C'était vertigineux mais je n'avais pas vraiment peur. Anastabotte nous avait parlé, un jour, de l'entre-deux-mondes. Je ne peux pas expliquer pourquoi j'étais si certain d'y aller. Peut-être qu'il n'y a pas tant d'autres endroits où se rendre, une fois qu'on a décollé… La chaleur était toujours présente mais elle avait perdu de sa malfaisance. Elle était l'énergie qui guidait mon voyage.

Enfin j'ai cessé de monter. J'y étais. Sans vouloir me défiler, j'aurais un peu de mal à décrire l'endroit. Une fois qu'on est arrivé, on ne voit pas grand-chose. Ce sont plutôt des idées que l'on ressent. Disons que je sentais une plaine, trop vaste pour que j'en voie les limites. La plaine était habitée par des formes et des voix qui faisaient toutes ensemble un murmure assez mélodieux. La plupart des formes étaient noyées dans le brouillard mais certaines m'apparaissaient de façon nette. J'avais l'impression d'être guidé vers celles que je cherchais, les autres s'effaçaient devant moi. Bon, bref, j'ai fini par comprendre que j'avais trouvé. J'étais arrivé devant deux formes tremblantes et décharnées qui ressemblaient à des arbres et qui en même temps évoquaient le corps d'un homme et celui d'une jeune fille. Elles se balançaient lentement et semblaient retenues au sol par un socle qui les empêchait de s'éloigner. Sur la tête de l'arbre-fille, une grosse mèche de cheveux blonds brillait doucement. J'ai reconnu les cheveux... Ils n'avaient plus rien de maléfique. Ils étaient juste des cheveux qui me faisaient un petit signal : « Hello mon gars, tu nous reconnais ? C'est nous les cheveux ! »

Je contemplais les deux créatures avec beaucoup de tristesse quand, tout à coup, j'ai reçu un mot :

«Non-morts.» Il m'a semblé très naturel. Je me suis dit tranquillement : «Bien sûr, ce sont des non-morts...» Et là, un geyser d'écume grise a jailli du sol. La vague m'a renversé... elle m'a entraîné et je suis tombé. J'étais entraîné par un aspirateur géant qui voulait à toute force me ramener là d'où je venais.

Ensuite, j'ai su que j'étais revenu parce que ma mère tambourinait à la porte des toilettes.

— Qu'est-ce que tu fabriques là-dedans ? Tu vas sortir, oui ou non ?

J'ai repris les cheveux. La chaleur avait complètement disparu. Ils étaient désactivés. C'était juste des cheveux. J'ai relevé le couvercle de la cuvette, je les ai jetés dedans et j'ai tiré la chasse d'eau. Quand je suis sorti, ma mère m'attendait devant la porte, les mains sur les hanches.

— Ça fait dix minutes que Kader attend ! Tu veux qu'il fasse pipi dans sa culotte ou quoi ? Viens, Kader ! Soufi est sorti !

— Pardon, Maman. Je lisais le journal.

Elle s'est radoucie.

— C'est bon. Mais fais un effort pour penser que tu n'es pas tout seul. On dirait parfois que tu crois qu'il n'y a que toi ici...

— Oui, Maman.

— Quant à tes copines, a-t-elle dit en baissant la voix, je les aime bien mais elles m'ont fini le paquet de céréales. Qu'est-ce qui me reste pour le petit déjeuner, je te demande…

— Je vais aller à l'épicerie avec elles. Je veux dire, acheter les céréales pour demain matin.

Elle m'a regardé et elle m'a pris le menton entre le pouce et l'index.

— T'en as une drôle de tête ! Blanc comme un linge avec une belle plaque rouge au milieu du front… Tu es sûr que tu n'es pas malade ?

— Fatigué peut-être. Qu'est-ce que tu en penses ?

Ma mère adore qu'on la prenne pour un médecin. Si elle avait pu faire les études dont elle rêvait, elle serait chef dans un hôpital, et les malades n'auraient qu'à bien se tenir. Elle examinerait leur pipi comme si c'était une relique et elle les nourrirait de semoule à la fleur d'oranger.

— La fatigue, sûrement. Je vais te changer de régime, tiens. À partir de demain, finies les cochonneries au chocolat. Des fruits et de la tisane de romarin. Tu vas voir que ça va aller mieux…

La menace a fait son effet. La plaque rouge sur mon front a diminué d'un coup.

— En attendant, je veux bien que tu ailles chercher des céréales, a dit ma mère. Mets ta veste pour
sortir. Les filles aussi. Allez, les filles, on s'habille
chaudement !

Ma mère avait à peine fermé la porte sur nous
que Pome m'a attrapé le bras.

— Alors ? Mes cheveux ?

Ces céréales, j'aurais eu mieux fait de les récolter,
de les cuire et de les emballer moi-même. C'est ce
que m'a dit ma mère, plus tard, quand j'ai fini par
rentrer chez moi. Les mains vides, bien entendu.

Les filles se fichaient bien de remplacer le paquet
qu'elles avaient vidé. Elles voulaient savoir ce que
j'avais vu, c'est tout. Dans un sens, j'étais flatté. Il est
toujours agréable d'être considéré. Je me suis laissé
faire quand elles m'ont assis sur un banc, l'une à ma
droite, l'autre à gauche, pour me bombarder de questions.

— Attends un peu ! a fait Verte. Tu vas trop vite. On
ne comprend rien. C'était elle ou ce n'était pas elle ?

— Elle et pas elle à la fois. Elle parce que les cheveux lui appartenaient. Mais pas elle parce qu'elle
était retenue là-haut avec la forme de cet homme…

— Son père, a fait Pome. Je te dis que c'est elle !

— Mais alors qu'est-ce qu'ils fabriquent à la fois en haut et en bas ? Pourquoi sont-ils captifs d'un côté et libres de l'autre ? Tu connais des créatures qui peuvent avoir deux corps en même temps ?

— Les fantômes ?

— Mais non, patate ! Tous les esprits sont pareils : ils n'ont qu'une seule présence à la fois.

— Sauf que leur présence peut habiter n'importe quoi. Il paraît qu'il y en a qui habitent des frigos.

— N'importe quoi.

— C'est ma mère qui me l'a dit !

— Pour pas que tu te serves dedans, c'est clair.

— C'est fini, oui ? a protesté Verte. Soufi a vu une apparence de Mauve. Nous en connaissons une autre. C'est la même et ce n'est pas la même. Qu'est-ce que ça veut dire ? On ne sait pas.

— Si vous me laissiez parler sans me couper la parole sans arrêt, je pourrais peut-être vous dire…

— Mais vas-y ! Pome, tais-toi !

— J'ai rien dit ! C'est toi qui parles tout le temps.

— En les regardant, un mot m'est arrivé.

— Lequel ?

— Tais-toi, je t'ai dit !

— Le mot était : non-morts.

— Et ?

— C'est tout. Non-morts. Vous l'avez déjà entendu ?

Elles se sont regardées avec perplexité.

— Je connais les vivants et les morts, a fini par constater Verte. Après, il y a les sorcières, les ombres, les esprits et les forces. Ils sont soit morts, soit vivants, soit éternels. Non-morts, jamais entendu parler.

— Moi non plus, a reconnu Pome.

— Il y a une chose à retenir, même si je ne vois pas en quoi ça peut nous aider : Mauve n'est pas une simple vivante. Elle est autre chose.

— Autre chose est inconnu, a remarqué Pome.

— Autre chose est dangereux, a dit Verte.

Le soir tombait doucement et nous étions toujours assis sur notre banc. J'ai regardé l'heure. J'aurais dû être rentré chez moi depuis longtemps.

— Il faut que j'y aille. Ma mère va me tuer.

Un vent glacé est passé sur nous. Verte a frissonné.

— Et nous alors ? Où on va ?

Elle a remonté les épaules et jeté un coup d'œil derrière elle. Nous nous sommes tus et nous avons écouté les arbres bruisser autour de nous. L'air était rempli de menaces. Elles nous faisaient un manteau mouillé, lourd sur les épaules et collant sur la peau.

— Ils nous cherchent, a murmuré Verte.

Sans vouloir me vanter, mon avantage dans la vie est d'avoir une bonne famille. Je savais que ma mère ne ferait pas d'histoires pour ajouter des assiettes à la table du dîner.

Nous avons couru jusqu'à l'épicerie… J'ai acheté un paquet de maïs soufflé taille familiale et nous avons pris le chemin du retour.

Je n'ai pas eu à négocier avec ma mère ni à chercher de solutions d'après-dîner. Nous arrivions devant l'immeuble quand une haute silhouette noire est sortie du hall et s'est immobilisée devant nous.

— Oh mince ! a gémi Pome.

— Maman… a soupiré Verte.

— Bonsoir madame, ai-je fait. Vous allez bien ?

Elle ne m'a pas répondu. Elle fixait Verte avec des yeux d'assassin, comme si elle voulait la couper en petits morceaux avant de la faire frire.

— Je te cherche depuis des heures ! Je suis allée partout. J'ai dérangé ton père à l'entraînement. Tu crois quoi ? Que les choses vont s'arranger simplement parce qu'on ne te voit plus ?

— Maman… a imploré Verte. Tu ne sais pas ce qui s'est passé au collège…

— Oh si ! Il y a des cafards partout dans les classes…

— Ce n'est pas moi !

— Et le pansement sur la tête de l'autre, ce n'est pas toi non plus ?

— C'est Pome.

— Et la poudre ? Elle se grattait tellement qu'il a fallu lui donner un anesthésiant. Je vous informe que vous êtes exclues du collège, et que le père a déclaré publiquement qu'il vous ferait envoyer en centre de redressement. Mais ce n'est pas le plus grave. À côté de ce qui est en train de se passer maintenant…

Tout en parlant, elle avait saisi Verte par un bras, Pome par l'autre, et elle se dirigeait vers la voiture qu'elle avait garée sur le parking devant l'immeuble. J'ai serré bien fort mes céréales sous le bras et j'ai esquissé un pas sur le côté. C'était le moment de filer en douce. Je rêvais d'entendre ce que ma mère avait à dire sur mon retard inqualifiable et mes amies mal élevées. Tout plutôt que d'être assommé de reproches par une mère qui n'était même pas la mienne…

— Soufi ! a rugi Ursule, ce qui montrait au moins qu'elle se souvenait de mon prénom.

— Oui, madame ?…

— Tu ne vas pas t'en tirer comme ça ! Monte en voiture !

— Mais ma mère, madame ?

— Je l'ai vue, ta mère. Elle est prévenue.

— J'ai rien fait, madame.

— Toi non plus ? Personne n'a rien fait et c'est la guerre civile ? Je ne te demande pas ton avis. Accroche ta ceinture !

J'ai posé le paquet de céréales sur la plage arrière et j'ai bouclé la ceinture. Il y a des moments dans l'existence où rien ne sert de lutter, la meilleure chose à faire c'est encore de s'écraser.

Le trajet d'un quartier à l'autre, qui est si simple à pied, devient très compliqué en voiture. Il faut prendre une quantité d'embranchements et de ronds-points, autant d'occasions de serrer dans les virages et de faire crisser les pneus. Ursule conduisait vite et elle conduisait mal. Elle n'arrêtait pas de vitupérer tout en donnant de brusques coups de volant dans n'importe quelle direction. J'avais tellement mal au cœur que j'en ai oublié d'avoir peur.

— Le plus bête là-dedans est que vous n'avez fait que ce qu'on attendait de vous. Quand on arrache

111

sottement la moitié du cuir chevelu à quelqu'un qui n'attend que ça... À qui croyez-vous que ça fasse du tort ? Depuis ce matin, ma mère et sa copine, doublées par ma fille et sa copine, ne cessent d'envoyer des signes à tous les servants des Ténèbres : « Hé, les gars ! On est là ! C'est nous, les sorcières ! » Qu'est-ce qui se passe, à votre avis, en ce moment, dans le camp d'en face ? Qu'est-ce qu'ils font pendant que vous vous cachez comme des idiotes chez votre abruti de copain ? Vous me répondez, à la fin ?

— Je ne sais pas... a soufflé Pome.

— Ah tu ne sais pas ! Eh bien, je vais t'emmener voir !

Verte était livide. Pome reniflait à petits bruits, en se mordant les joues. Et moi, je regardais par la fenêtre pour vaincre mon envie de vomir.

— Maman, a dit Verte, Soufi a un truc à dire.

— Eh bien qu'il le dise ! Qu'est-ce qu'il attend ?

Il a fallu que je réponde. Bien obligé.

— Madame, qu'est-ce que c'est qu'un non-mort ?

La voiture a pilé. Au milieu de la chaussée. Misère... J'aurais mieux fait de me taire. Ursule s'est tournée vers l'arrière de la voiture, les yeux plantés sur moi comme des harpons.

— Où tu as entendu parler de ça ?

— Il y a une heure ou deux, chez moi, dans les toilettes.

— Tu te paies ma tête ?

— Oh non ! Je faisais une voyance avec les cheveux.

— Les cheveux que cette sotte a arrachés ?

— C'était pour rendre service ! Les filles m'ont demandé de voir...

— Et qu'est-ce que tu as vu ?

— C'est un peu long à expliquer, surtout si vous êtes dans une voiture arrêtée au milieu de la circulation, avec trois enfants mineurs à l'arrière.

— Je vais me garer et tu vas me raconter. Et ne cherche pas à me baratiner. Ce n'est pas le moment de faire le malin.

— Maman ! a protesté Verte. Tu l'as regardé ? Tu crois vraiment que c'est le genre de garçon à faire le malin ?

— Je t'ai demandé quelque chose ? a répliqué Ursule, et la voiture est allée se flanquer dans le bas-côté.

Pour la deuxième fois, j'ai raconté mon voyage. J'ai fait mon possible pour ne rien oublier. À la différence des filles, Ursule a observé un silence complet.

— C'est tout ? a-t-elle fait quand j'en ai eu fini.

— Oui, madame.

— C'est ma mère qui t'a appris à te mêler de sorcellerie ?

— Oui, madame.

— C'est toi qui es derrière cette idylle ridicule entre elle et son superflic ?

— Pas seulement moi, madame. Verte aussi. Et Pome. Et moi aussi, j'avoue.

— Tu as déjà parlé à quelqu'un de ce que tu sais ?

— À Verte et à Pome, madame. À personne d'autre, je le jure. Anastabotte a promis que si je parlais elle me...

— .. changerait en crapaud et te jetterait sur l'autoroute, c'est ça ?

— Exactement, madame.

— Mon petit bonhomme, je vais te dire deux choses. La première est une information : tu es probablement une Puissance. La seconde est un avertissement : si tu fais l'imbécile, je me chargerai personnellement de t'ouvrir le ventre et de te donner à becqueter aux oiseaux.

— Mais Maman !... a grogné Verte.

— Tais-toi, toi ! Laisse-le se défendre lui-même.

— Tout va bien, madame. Et merci pour le compliment. Je me sens flatté, même si je ne vois pas très bien ce qu'est une Puissance.

— Tu as toute la vie pour l'apprendre. En attendant, ils ne sont pas nombreux ceux qui peuvent se rendre dans l'entre-deux-mondes pour y voir les non-morts...

— Justement, si on pouvait savoir ce que c'est?

— Plus tard. On a une urgence. Allez, en route!

Elle a remis le contact, l'embrayage a hurlé et la voiture a bondi hors du fossé. Je voyais son visage dans le rétroviseur. Elle avait l'air incrédule.

— Dans les toilettes... Bon sang! J'aurais tout entendu...

Il faisait presque nuit quand nous sommes arrivés devant l'immeuble de Pome. Contrairement à son habitude, Ursule a roulé tout doucement jusqu'au parking. Elle a rangé sa voiture sans un bruit. Nous en sommes sortis et j'ai pris mon paquet de céréales avec moi. Je n'étais pas sûr de rentrer dans la même voiture, alors autant prendre ses précautions.

— Vous me suivez tous les trois sans vous mêler de rien, a ordonné Ursule. Tout le monde a fait assez de bêtises jusqu'à maintenant... Compris?

Massés sur la pelouse au pied de l'immeuble, une

foule de gens parlaient entre eux. Ils attendaient quelque chose, mais quoi ? Certains portaient des pancartes. Nous ne pouvions pas lire ce qu'ils y avaient écrit parce que nous arrivions derrière eux. Mais ce que nous pouvions voir, c'était le grand drapeau noir accroché à la fenêtre ouverte de l'appartement.

— Maman ? a demandé Pome.

— Elle est là-haut, a dit Ursule. Ce drapeau, ce n'est pas ce qu'elle a inventé de plus malin mais enfin... ce n'est pas encore interdit par la loi.

Comme nous avancions, les gens se sont retournés vers nous. Quelques-uns d'abord, puis de plus en plus nombreux, ils nous observaient d'un air incrédule. Les regards sont devenus hostiles. Plus ils se faisaient méchants, plus Ursule se tenait droite et plus elle avait l'air imposant.

— Surtout, ne dites rien... a-t-elle sifflé entre ses dents.

Un murmure a traversé la foule.

— Elles sont là... Elles sont revenues...

Un homme est sorti du groupe et il s'est planté en face d'Ursule, comme s'il voulait l'empêcher d'aller plus loin.

— Qu'est-ce que vous faites avec ces gamines ? On les cherche depuis le début de l'après-midi ! Elles ont failli tuer une enfant du collège... Là-dessus elles disparaissent ! Et que fait la mère ? Elle refuse de nous ouvrir, elle refuse de nous parler...

— C'est moi, la mère ! a répondu Ursule à voix assez forte pour se faire entendre. Écartez-vous maintenant !

— Mais non, ma petite dame ! a fait l'homme en s'approchant, l'air menaçant. Je ne m'écarterai pas ! Nous sommes des habitants du quartier et nous en avons plus qu'assez du désordre insupportable créé par des familles qui... des familles que...

— Oh... taisez-vous ! Une bagarre entre enfants, un peu de poudre à gratter, une touffe de cheveux arrachée, et vous déclenchez une émeute ? Vous n'avez rien de mieux à faire ? Rentrez chez vous et calmez-vous ! On réglera tout ça demain au collège...

Elle semblait si sûre d'elle que l'homme n'a pas su lui répondre. Il a cherché autour de lui des arguments qui ne sont pas venus et il s'est écarté.

— Vous faites la maligne, a-t-il susurré. Mais vous devriez faire attention : on sait qui vous êtes. On vous a repérées. Vous êtes bien toutes pareilles, allez... Personne ne comprend ce que vous faites, ni de quoi vous vivez. Vos gosses sont les ennemis des nôtres. Tout cela va se payer un jour...

Je faisais beaucoup d'efforts pour obéir aux ordres d'Ursule et ne pas répondre. C'était difficile parce que Pome pleurait à côté de moi.

— Décidément, vous avez perdu la tête, a dit Ursule. Laissez-moi passer maintenant.

— Regarde les pancartes, a soufflé Verte.

J'ai jeté un coup d'œil sur les côtés. Sur une dizaine de panonceaux de carton collés sur des manches à balai, on pouvait lire de brillantes pensées comme : « Plus de patience pour les parasites », « Habitants propres, quartier propre », ou « Protégez nos petits ». Tout était écrit à la main, au gros feutre, et je ne rapporte pas les fautes d'orthographe. Un silence affreux nous accompagnait comme nous arrivions devant l'entrée de l'immeuble.

« Sorcières ! » a soudain lancé une voix. Puis une autre. Puis une autre. « Sorcières ! » « Sorcières ! » Ils s'étaient tous mis à crier, de toutes leurs voix et sur tous les tons. Quelqu'un m'a bousculé et mes céréales sont tombées par terre. J'ai voulu me baisser mais Ursule m'a attrapé par le bras et elle m'a entraîné. C'est là que j'ai perdu ce paquet que je devais rapporter pour le petit déjeuner. Ma mère allait me faire passer un sale quart d'heure, et c'était injuste parce que vraiment ce n'était pas ma faute.

J'étais juste en train de sauver ma vie. Une seconde plus tard, un tourbillon humain nous entourait et nous poussait dans tous les sens. Soudain, une voix qui semblait descendre du ciel a retenti dans le soir.

J'ai levé la tête et j'ai vu Clorinda apparaître à la fenêtre, à côté de son drapeau noir, ses mains en porte-voix.

Ma parole, elle voulait notre mort ou quoi ?

— Rendez-moi ma fille ! Menteurs ! Hypocrites ! Vautours ! Je vous maudis !

— Clorinda ! a crié Ursule. Clorinda ! Nous sommes là !

Clorinda doit avoir une oreille très aiguisée parce que, malgré le vacarme, elle l'a entendue. Elle s'est penchée pour nous chercher. Le plus fort est qu'elle nous a reconnus malgré la pénombre. Elle est rentrée dans l'appartement. Le drapeau noir a quitté la fenêtre qui s'est refermée. Un cri rageur est monté de la foule.

— Pourvu qu'elle ne se mette pas en tête de nous rejoindre, a grommelé Ursule, mais c'était peine perdue.

Nous avons vu la porte du hall s'entrouvrir. La silhouette de Clorinda, hagarde, hirsute, semblable à une vieille chouette mouillée, s'est encadrée dans l'entrée. Elle a regardé la foule et elle a dit :

— Mais enfin quoi ? Ils sont tous devenus fous ?…

Après, j'ai pensé que nous allions mourir écrasés et piétinés et j'ai eu du chagrin pour mes parents malheureusement contraints de déplorer mon décès dans une émeute. Mais ce n'est pas ce qui s'est passé, sinon je ne serais pas en mesure de faire ce récit. Nous avons été sauvés de la mort certaine par les sirènes de police. Trois voitures ont déboulé à fond de train et se sont garées, pas du tout sur le parking mais en vrac sur les pelouses. Des policiers casqués en sont sortis qui ont eu un effet calmant immédiat sur nos agresseurs. La pression s'est desserrée et les manifestants se sont écartés. Certains en ont profité pour baisser leurs pancartes et filer dans la nuit. J'ai vu ces policiers qui venaient à nous tels des sauveurs, avec des visages moyennement aimables sous la visière, mais sauveurs quand même. Derrière eux suivaient deux personnes que j'ai eu plaisir à revoir, même si les circonstances n'étaient pas celles dont j'aurais rêvé pour des retrouvailles.

— Papy Ray ! s'est exclamée Verte.

— Oh non… a soupiré Ursule. Ma mère !

URSULE

Il a sorti ça dans la voiture, froidement, comme s'il demandait l'heure ou un arrêt pipi : « Qu'est-ce que c'est qu'un non-mort ? »

Ce gosse, je le connaissais. Il avait bricolé avec Anastabotte, quand Verte et lui étaient encore gamins. Rien de bien méchant, un peu de voyance au miroir, un peu de téléportation… Je mettrais ma main au feu qu'il a trempé dans l'idylle ridicule entre ma mère et son superflic. Après, on n'a plus entendu parler de lui. Il a eu la sagesse de se taire. Il s'est gentiment laissé oublier.

Ce qui explique que j'aie mis tellement de temps à retrouver les filles ! J'avais ratissé le jardin public, le stade, le supermarché… J'étais désespérée quand Gérard, qui est son entraîneur, a eu l'obligeance de m'envoyer son adresse.

La mère du petit m'a confirmé que les gamins étaient ensemble. J'ai fait celle qui ne s'affolait de rien. J'ai même proposé de garder son fils à dîner… Puis je me suis postée en bas de l'immeuble pour les attendre.

Pendant que les petites demoiselles traînaient avec leur copain, les esprits s'échauffaient. La bagarre puis la disparition… La rumeur avait couru, grossi, enflé tout l'après-midi. Pas besoin d'avoir fait des études supérieures en sorcellerie pour savoir à qui tous ces braves gens allaient réclamer des comptes. À la sorcière du quartier, coupable à coup sûr de tous les crimes imaginables. Si on ne se dépêchait pas d'aller porter secours à Clorinda, ils étaient capables de lui régler son affaire… Mais qu'est-ce qu'ils fabriquaient, tous les trois ? Ils le faisaient exprès ou quoi ?

L'obscurité commençait à tomber quand ils se sont enfin décidés à apparaître. Le gamin marchait entre les deux filles, un paquet sous le bras. Ils bavardaient tranquillement. Difficile de savoir si c'était de l'innocence ou de la bêtise…

Je ne dirais pas que les filles étaient contentes de me voir mais elles n'ont pas fait d'histoires pour monter en voiture. Quant au garçon, il n'avait pas l'air enchanté de faire partie de l'expédition. Je ne lui ai pas laissé le choix. J'avais dans l'idée qu'il pourrait toujours m'être utile.

J'ai du flair. Parce qu'utile, il l'était au-delà de toute espérance. Je passais un savon aux filles qui pleurnichaient quand il m'a posé sa petite question l'air de rien :

— Les non-morts ? a-t-il insisté de sa voix d'enfant. Qu'est-ce que vous en savez ?

Les non-morts !… Nous ne sommes pas nombreux à connaître leur existence, et moins nombreux encore à en avoir vu. Et voilà qu'il y était arrivé, tout seul, en pleine journée, enfermé chez lui, dans les toilettes…

Il a fallu que je me gare pour l'écouter. Au volant, j'aurais envoyé la voiture dans le décor. D'abord, ça fait toujours quelque chose de découvrir une Puissance. Quand je pense aux efforts que j'ai consentis pour que ma propre fille accède à un bon niveau… Et un garçon ! Je n'avais jamais imaginé que les hommes pouvaient égaler les femmes dans les domaines occultes. Je les considérais au mieux comme des auxiliaires, doués peut-être mais toujours complémentaires. Erreur, erreur gigantesque.

Le plus important était que la Puissance apportait une révélation d'une importance capitale. Un peu comme si un espion vous livrait, en pleine guerre, le plan de l'ennemi… Les Ténèbres disposent d'une quantité d'émissaires. Dans la bataille, le plus difficile est de savoir auquel on a affaire. Ectoplasmes ? Larves ? Répliquants ? Démons ? Succubes ? Incubes ? Pour se défendre, il faut savoir. Et la Puissance savait : aux non-morts.

C'était une information alarmante. Parmi toutes les créatures, les non-morts sont les plus dangereux. Ce n'est pas qu'ils soient plus cruels, ou plus violents que les autres. Mais ils sont plus efficaces. Un démon ne peut pas s'empêcher de révéler sa vraie nature. On le remarque, on l'abat. Mais un non-mort ressemble à s'y méprendre au simple vivant qu'il a été autrefois. Il se confond aux autres, ce qui le rend beaucoup plus difficile à combattre. Par ailleurs, s'il est possible de détruire un démon, on ne se débarrasse pas comme ça d'un non-mort. Il faut aller le chercher là où il est. Dans l'entre-deux-mondes…

J'avais vu juste. Ils étaient massés devant l'immeuble. Ils tournaient, les uns après les autres, leurs visages vitreux vers nous. Dans la pénombre, leurs yeux luisaient comme ceux des bêtes. J'aurais été contente d'y reconnaître de la peur ou de la colère. Mais ils n'étaient pas habités par des sentiments. Ils rayonnaient d'une force inassouvie et qui ressemblait à de la faim.

Quelques visages m'étaient familiers. Je les avais croisés à l'école ou en déposant Verte chez Gérard. Ce type qui nourrissait les oiseaux la dernière fois que je l'avais vu ? Cette dame qui proposait d'apprendre l'aquarelle aux enfants ? Ils nous dévisageaient méchamment, en silence. Où était passée leur bonne volonté ? Qu'est-ce qui leur était arrivé ?

Il fallait traverser leur assemblée piquée de pancartes minables pour arriver jusqu'à Clorinda. Verte n'en menait pas large, Pome pleurait pour de bon, et la Puissance semblait accorder toute son attention au maxi-paquet de maïs soufflé qu'elle tenait sous le bras.

Parmi les visages, je cherchais à deviner celui d'un non-mort.

— Tu les vois ? ai-je demandé à voix basse à Soufi.

— Non. Je les sens mais je ne vois rien.

— Toi, Pome... La fille à qui tu as arraché les cheveux...

— Elle n'est pas là. Son père non plus.

Nous n'étions plus très loin de l'entrée de l'immeuble quand la foule s'est immobilisée. Nous ne pouvions plus avancer d'un pas. Des cris incohérents ont retenti au-dessus de nous. Clorinda était à sa fenêtre. Elle nous encourageait de ses hurlements. Si elle avait voulu que nous soyons lynchés, elle ne s'y serait pas prise autrement... Quelle calamité ! Ce n'était pas qu'elle était méchante, ni même complètement stupide, elle était juste catastrophique. Clorinda, championne du suicide social. À la place des Ténèbres, c'est elle aussi que j'aurais choisie. Elle était tellement nulle qu'il suffisait de la laisser faire. Elle faisait une victime en or.

Non contente de vociférer, elle s'est mise à lancer des malédictions. Des malédictions en papier mâché mais qui faisaient leur petit effet. La foule a répondu. Le vieil appel s'est levé, il a enflé, il est monté vers le ciel. « Sorcières... Sorcières... » Des briquets se sont allumés dans la nuit. La bousculade autour de nous s'est aggravée. Le garçon en a laissé tomber ses céréales. Je recevais des coups dans les jambes, dans les bras, sans savoir qui me frappait. Nous allions tout droit au massacre quand soudain la foule a reflué. Ni la Puissance, ni moi, ni Clorinda n'y étions pour rien. Le salut venait de l'arrivée d'une douzaine de policiers casqués, armés de longues matraques, qui fendaient la foule sans ménagement pour venir jusqu'à nous. À leur tête, ma mère et mon vieux beau-père. Ma mère... Elle tombait à pic pour une fois, elle et son bataillon !

Les émeutiers se sont dispersés, la tête baissée, le dos courbé, comme à regret. Les derniers quittaient la place quand l'homme qui donnait à manger aux oiseaux s'est ravisé. Il avait des choses à dire. Il est revenu vers nous et m'a toisée, une lueur folle dans les yeux :

— Elle est morte ! a-t-il aboyé. Vous l'avez tuée !

— Morte ? Qui est morte ?

— La pauvre petite que vous avez frappée à la tête. Il a fallu empêcher son père de se jeter par la fenêtre, c'est ce qu'on m'a dit.

— On devrait vous faire la même chose, espèces de criminelles ! a braillé la dame qui voulait enseigner l'aquarelle. Œil pour œil !

C'était tellement insensé que je suis restée sans voix. Je me suis tournée vers Ray avec un regard effaré.

— Calmez-vous ! a-t-il déclaré d'une grosse voix apaisante. Personne n'est mort. Le collège a conduit la jeune fille à l'hôpital où ils n'ont rien fait d'autre que de la calmer et de lui passer de l'éosine sur la tête. Quant au père, je n'ai pas entendu dire qu'il voulait attenter à ses jours. Je le saurais, je viens du commissariat.

— On la connaît, la police ! a sifflé l'homme. Quand on la voit, c'est pour protéger les assassins... Mais nous ? Elle ne fait rien pour nous !

— Puisqu'on vous dit qu'il n'y a pas d'assassin ! a rugi Anastabotte dont les nerfs menaçaient de lâcher. Pas de crime, pas d'assassin. Disparaissez maintenant !

— Vous seriez bien contente, hein ? a repris la dame aux aquarelles. Mais ce ne sera pas si simple de vous débarrasser de nous. Nous trouverons quelqu'un pour nous venger.

J'ai posé la main sur le bras de ma mère. Il ne servait à rien de discuter avec des gens qui ne voulaient pas nous écouter. Nous avions une mission plus urgente : amadouer Clorinda qui parlementait avec l'inspecteur de police.

— Il va falloir nous expliquer ce que c'est que ce grabuge que vous avez organisé en bas de chez vous ! C'est un quartier tranquille. Qu'est-ce que vous avez pu fabriquer pour les mettre dans cet état ?

Pour un type qui n'avait aucune idée de ce qui

se passait vraiment, ses questions n'étaient pas idiotes. Seulement, à la différence de ses voisins, Clorinda n'était pas du genre à se laisser impressionner par l'uniforme. Au contraire. La présence de tous ces policiers déplacés spécialement pour elle la galvanisait.

— Silence, vous ! J'ai eu une journée difficile, avec de multiples agressions, et je ne vous parle pas de la disparition de ma fille…

— Mais elle est là, votre fille !

— Peut-être, mais elle n'était pas là tout à l'heure ! Écoutez-moi quand je parle ! Je vous expliquais que la journée avait été dure, à commencer par la visite de cette femme…

L'inspecteur a abandonné. Il s'est adressé à Ray avec une grimace excédée.

— Toi, puisque tu as l'air de la connaître… Dis-lui que si elle continue à me bassiner, je l'embarque pour trouble à l'ordre public.

— Quoi ?! a bramé Clorinda.

Ray l'a saisie par un bras, Anastabotte par l'autre, et ils l'ont éloignée fermement de l'inspecteur auquel j'ai offert mon meilleur sourire.

— Il faut l'excuser… Elle a été très choquée par ce qui vient de se passer.

— Je veux bien, a bougonné l'inspecteur. Mais ne vous faites pas d'illusion : si je ne l'embarque pas, c'est pour Ray qui est un vieux copain. Quant à elle, je lui conseille de se tenir à carreau. Pendant qu'on y est, dites-moi, c'est quoi exactement, cette histoire de gamine qui s'est retrouvée à l'hôpital ?

Les voitures de police sont reparties dans la nuit. De la rage qui s'était donnée en spectacle un peu plus tôt, il ne restait qu'une pelouse piétinée, des mégots écrasés et des pancartes retournées sur le sol. Clorinda regardait autour d'elle, hébétée. À croire qu'elle se rendait enfin compte de ce qui s'était passé.

Une immense fatigue s'est abattue sur moi. C'était le genre de moment où je regrettais de n'avoir aucune épaule secourable sur laquelle appuyer ma tête. Moi aussi, j'avais parfois besoin qu'on me soutienne. Mon père était parti trop vite. C'est à lui, Gervais, que j'aurais aimé me confier… et non aux amis de ma mère.

Mais ce n'était pas le moment de baisser les bras. Il fallait s'organiser pour la nuit. Pome et Clorinda ne pouvaient pas dormir chez elles. Qui savait ce qui pouvait se passer d'ici le matin ? L'absence des non-morts à la petite fête qu'ils avaient organisée n'augurait rien de bon.

— Pome dormira chez Ray, ai-je suggéré.

— C'est ce que j'allais proposer, a répondu Ray.

— Et toi, Maman ? s'est inquiétée Pome. Tu vas dormir où ?

— Chez moi, ai-je dit.

— Ce n'est pas de refus, a soupiré Clorinda.

— Et moi ? a réclamé Soufi qui était si discret qu'une fois de plus je l'avais oublié.

— Ray va te raccompagner.

— Il n'y a que moi qui reste seule ? s'est insurgée Anastabotte. On voit que c'est Ursule qui s'occupe de l'organisation…

— Oh, Maman… Si tu tiens tellement à avoir de la compagnie, tu peux toujours rentrer avec Clorinda et moi.

— C'est gentil, a fait ma mère. Mais je préfère monter dans la voiture de Ray. Il me déposera chez Euphronie.

J'ai lancé un dernier regard aux fenêtres de l'appartement. Elles étaient noires et désolées. Une trouée aveugle dans la façade de l'immeuble. Nous n'avions pas perdu la première bataille. Mais nous ne l'avions pas gagnée non plus.

J'étais exaspérée. Il fallait que je me change les idées. Je n'ai pas demandé son avis à Clorinda. J'ai pris la route du centre-ville, j'ai garé ma voiture au parking souterrain, et je l'ai emmenée à la terrasse chauffée des Deux Marmottes. Elle ne m'a pas posé de questions. Elle était plongée dans un silence sinistre. Il a fallu que je lui indique une chaise et que je commande pour deux.

— Clorinda, ai-je ordonné en posant mon sac à mes pieds, regarde-moi maintenant !

Elle a posé sur moi un regard misérable.

— Qu'est-ce que j'ai fait de mal, Ursule ? Tu peux me le dire ? J'ai volé personne, j'ai tué personne. Et encore, si ce n'était que moi… Mais ils s'en prennent à ma fille…

Elle a sorti du fond de sa poche un mouchoir chiffonné qu'elle a porté à ses yeux. Clorinda pleurait. C'était une première pour moi (on ne voit pas souvent pleurer les sorcières), et une nouveauté pour elle. Elle s'y prenait mal, elle clignait des yeux, elle reniflait, elle n'avait aucune habitude des larmes.

— S'il faut vraiment que tu pleures, vas-y. Je te laisse cinq minutes.

Je l'ai plantée là et j'ai foncé vers les toilettes me remettre un peu de rouge à lèvres. Je sais faire une quantité de choses dans l'existence, mais éponger les larmes d'une sorcière, franchement, c'est au-dessus de mes forces.

Quand je suis revenue, elle avait rangé son mouchoir et contemplait son verre d'un œil morne.

— J'ai vu ta mère ce matin, a-t-elle dit.

— Je sais.

— Avec sa copine, celle qui ressemble à un ours.

— Euphronie.

— Je l'aime bien, Euphronie.

— Chacun ses goûts.

— On dirait que je suis dans un sale pétrin, non ?

— On dirait.

— Je ne sais même pas contre quoi je me bats. Je veux bien croire que les Ténèbres en ont après moi. Mais tout ce que je vois, ce sont les voisins, les clients du supermarché, les parents du collège. Ils me haïssent. Et ça me blesse, Ursule. Je ne suis pourtant pas très émotive, tu me connais…

— Laisse tomber l'émotion, Clorinda. Tes voisins ont perdu leur âme. Ils ne sont rien d'autre que l'arme des Ténèbres.

— Les Ténèbres, les Ténèbres… C'est bien gentil. Mais comment se défendre contre un ennemi dont on ne connaît pas la nature, dont on n'a pas vu le visage ?

— Nos filles les connaissent, Anastabotte les a croisés, Ray a rencontré l'homme... Quant à leur nature, je l'ai apprise tout à l'heure. Ce n'est pas une très bonne nouvelle, je te préviens. Ce sont des non-morts.

Les épaules de Clorinda se sont voûtées un peu plus. Elle avait l'air d'avoir cent ans.

— Donc, normalement, ça devrait se terminer par un bûcher.

— Normalement.

— Et c'est moi qui serai grillée.

— C'est ce qui est prévu.

J'ai levé le bras pour commander un autre verre.

— Je n'ai pas l'habitude de boire, a remarqué Clorinda. Je vais être ivre.

— Tu seras plus facile à flamber.

La plaisanterie est tombée à plat. Clorinda n'a même pas esquissé un sourire.

— Qu'est-ce que je fais maintenant ? Je me couche par terre et j'attends la mort ?

— Mauvaise idée. Je te rappelle que tu as une fille qui semble attachée à sa mère. Tu finis ton verre et on file chez Euphronie retrouver Anastabotte. Je crois qu'elle a une idée derrière la tête.

Je me suis levée à regret. Le brasero accroché au-dessus de notre table diffusait une bonne chaleur. Il fallait pourtant que j'aille retrouver ma mère afin de sauver Clorinda d'elle-même, des Ténèbres et du monde, une Clorinda pour qui – je le précise en passant – je n'éprouvais pas d'affection, ni même de sympathie particulière…

– Ursule, a articulé Clorinda d'une voix pâteuse en bousculant la table qu'elle essayait de contourner, je vais te dire un truc que je n'ai encore dit à personne : une amie comme toi, je n'en ai jamais eu. J'ai toujours été solitaire. Mais c'est fini. Tu es là. Et je t'adore. Vraiment.

En plus elle était soûle. Décidément, c'était complet.

J'étais déjà entrée chez Euphronie. Cette vieille taupe vivait dans un désordre médiéval hanté par une demi-douzaine de chats aux yeux dorés. Elle n'avait jamais rien rangé de sa vie, se contentant d'entreposer les objets au fur et à mesure qu'ils se présentaient dans son existence.

C'est drôlement joli chez toi, a commenté Clorinda en se frayant un passage entre les piles de journaux jaunis qui menaçaient de s'effondrer sur les piles de chaussures dépareillées.

— Côté style, je suis plutôt bohème, a reconnu Euphronie avec amabilité.

— Moi aussi, j'aime bien les soupières en porcelaine, a continué Clorinda en plongeant le nez dans un carton rempli de vieille vaisselle.

— Si tu la veux, je te la donne.

Clorinda a eu un regard éperdu de reconnaissance.

— Merci !…

Puis elle s'est ravisée.

— Mais où veux-tu que je la mette ? Je n'ai plus nulle part où vivre avec ma fille.

Le visage d'Euphronie a pris une expression apitoyée que je ne lui avais jamais vue.

— Je te la garde, ta soupière. Tu ne resteras pas longtemps dehors, c'est moi qui te le dis. On est là pour ça. On s'y met, Nana ?

« Nana » ? Elle appelait ma mère « Nana » ?

— Oui, Nini, on y va.

« Nini » maintenant… Elles ne s'arrangeaient pas avec l'âge, ces deux-là. Qu'elles ne comptent pas sur moi pour adopter leur manie des surnoms. Qui sait ce qui pouvait me tomber dessus… Susu ?

Nous avions beau former dans la nuit un sabbat de sorcières confirmées, il n'y avait pas de quoi impressionner les foules. Clorinda a repoussé les hardes et les breloques qui recouvraient le canapé pour s'y asseoir, puis rapidement s'y effondrer. Un quart d'heure n'avait pas passé qu'elle s'était endormie. Un chat efflanqué en a profité pour venir s'assoupir sur son ventre. Nous venions de perdre un quart de nos effectifs. Quant aux trois quarts restants, ils pataugeaient dans la semoule.

À la nouvelle que nous avions affaire aux non-morts, et pas à de vulgaires créatures démoniaques, Euphronie a perdu de son arrogance.

— Elle n'est pas près de récupérer sa soupière, a-t-elle dit en désignant Clorinda d'un mouvement du menton. Quelqu'un sait comment on s'attaque aux non-morts ?

— J'en ai connu, a répondu ma mère qui connaît toujours tout mieux que tout le monde. C'est une vraie saleté. Ils sont tellement… normaux. Ils n'ont pas de masque, tu comprends, Nini ? Leur visage est à eux, leur corps est à eux. Et la voix par laquelle parlent les Ténèbres, c'est leur voix. Ils arrivent, ils empoisonnent le terrain et ils repartent comme ils sont venus.

— Ce petit gnome qui les a vus… l'a interrompue Euphronie. Ursule prétend que c'est une Puissance. Vous êtes certaines que ce n'est pas un leurre ?

— Je le connais depuis quelques années, a affirmé Anastabotte. Ce qu'il a vu, il l'a vu.

Euphronie s'est frotté les mains d'un air soucieux.

— Puisque tu le savais, Ursule, tu n'aurais pas dû le laisser rentrer chez lui... Il devait rester sous protection.

— Tu penses qu'ils peuvent le repérer?

Elle a haussé les épaules.

— C'est probablement déjà fait. Il y a cette lumière, tu sais, qu'émettent les voyants quand ils voient. Grand voyant, grande lumière. Ils ont dû avoir un sacré flash...

— Je l'attendrai demain matin devant chez lui.

— Demain? a maugréé Euphronie. C'est long, une nuit...

Je devais faire une sale tête parce que ma mère a posé sur ma cuisse une main rassurante.

— Pas d'affolement. On ne va pas réveiller ces gens en pleine nuit pour leur annoncer que leur fils est sorcier...

— Demain, ai-je bredouillé. Il sera sous protection demain.

Tandis que nous parlions, Euphronie avait traîné du fond de la pièce un grand sac-poubelle en plastique épais et noir.

— Nana, j'ai noué les nœuds de désenvoûtement tout l'après-midi. Ils sont assez pratiques, tu verras. Ils fonctionnent comme des papillotes. Tu tires de chaque côté et c'est bon... Ils sont très chargés en philtre, je t'avertis, j'ai mis le paquet. Du coup ils dégagent une odeur assez forte, je n'ai pas pu faire autrement.

Elle a regardé Clorinda qui dormait toujours sur son canapé. Un éclair malicieux est passé dans ses yeux.

— Ça va leur faire un drôle d'effet, d'être désen-voûtés ! Ils vont redécouvrir notre Clorinda avec des yeux neufs... Tant d'amabilité et tant de grâce... Ils vont en raffoler. Je me demande comment elle va supporter le choc !

— Les nœuds sont indispensables, s'est avisée Anastabotte, mais pas suffisants. On peut dompter la foule un moment, mais ça ne durera pas. Une heure après, elle sera aussi enragée qu'avant.

— Mais alors ? a fait Euphronie, désemparée.

— Il faut monter dans l'entre-deux-mondes.

— La belle affaire ! Le gosse y est déjà allé...

— Je ne te parle pas de voyance. Je te parle de monter physiquement, avec les sorts et les équipe-ments.

Euphronie a écarquillé les yeux.

— Qui peut faire ça ?

— Moi, a répondu ma mère. Moi, bien sûr.

J'ai beau la trouver pénible, je reconnais qu'elle ne manque pas de panache. Personne n'est sûr de revenir d'une ascension dans l'entre-deux-mondes. On ne déplace pas un corps entier comme un caddie de supermarché.

— Tu vas me prêter un équipement, il me faut les yeux, l'épée et la pointe.

— Et pour monter ?

— Je prendrai la bague chez moi. Elle n'arrête pas de scintiller depuis que cette histoire a commencé. C'est comme si elle m'attendait…

Euphronie et Anastabotte ont disparu dans les étages.

Je me souvenais d'avoir aperçu l'épée quand j'étais enfant. C'était une arme petite et mince, dont la lame étroite était si aiguisée qu'elle brillait. Le pommeau, la fusée et la garde étaient taillés dans trois pierres dures de couleurs différentes. On pouvait la prendre pour un bijou. Les yeux, j'en avais entendu parler. D'après ce que m'en avait dit ma mère, il s'agissait plus d'une visière que de lunettes.

Elle se fixait sur le visage et préservait la matière fragile des yeux des lueurs délétères d'un monde sans soleil.

Bercée par le souvenir, je glissais dans une douce somnolence quand les deux toupies sont descendues du grenier. Elles pépiaient, excitées comme des gamines qui auraient choisi des costumes pour un jeu de rôle.

— C'est quand même simple ! disait Euphronie. Quand ils sont déracinés, ils perdent toute leur force. Ils se dessèchent et ils meurent. Tu verras, c'est facile.

— Facile, facile… Tu es sûre que je n'oublie rien ?

— Le baume de transmigration. Tu veux le mien ?

— J'en ai chez moi.

Elle a enfilé son vieux manteau en peau de varan. Je l'ai accompagnée vers la porte.

— Je n'aime pas beaucoup l'idée de te voir partir vers les landes de la mort, lui ai-je glissé à voix basse.

Elle a cherché ma main et l'a serrée.

— Ne te trompe pas de peur, ma fille. La mort n'est pas méchante. L'ennemi, c'est le Mal.

J'imagine que nous formions le tableau idyllique d'une mère et d'une fille unies (et pour être franche, je n'étais pas loin de le penser moi-même).

— Adieu, ma Susu !

« Susu » ?... Elle m'a souri et elle a disparu dans la nuit.

— Un café ? a proposé Euphronie.

Dans une tasse ébréchée et de couleur suspecte, elle m'a servi un jus brunâtre qui sentait le pneu.

— J'aime beaucoup ta mère, a-t-elle confié en s'asseyant à côté de moi. Ne t'en fais pas pour elle. Elle est très forte. Elle reviendra.

C'était de la gentillesse et j'aurais dû lui être reconnaissante. Mais je n'en pouvais plus, de toute cette sympathie. Clorinda qui m'adorait, ma mère qui m'affublait d'un surnom ridicule, et cette vieille pie qui se mettait en tête de me réconforter... C'était plus que je ne pouvais en supporter. Je n'ai pas besoin qu'on m'aime pour exister. Je ne connais rien de plus encombrant que l'amour. Je préfère être tranquille et détestée qu'aimée et enquiquinée. Mais allez dire ça à la copine de votre mère qui vient de prendre un ticket pour l'enfer... J'ai plongé le nez dans mon café. Quelle horreur ! À la limite, si elle avait appris à faire un café correct, j'aurais bien voulu qu'elle m'aime. Mais là... Si je rentrais chez moi ? Je pouvais laisser Clorinda roupiller sur place. Elle ne m'en voudrait pas. Elle s'était entichée d'Euphronie, son fourbi, sa soupière.. J'étais sur le point de prendre mes cliques et mes claques quand la sonnerie de la porte a retenti.

— Quoi ? Quoi ?! a fait, du fond du canapé, la voix éraillée de Clorinda.

Les chats ont détalé et Euphronie s'est précipitée vers la porte. Gérard, décoiffé et livide, est entré dans la pièce.

— Les enfants, a-t-il bredouillé d'une voix hachée par l'angoisse, dis-moi que les enfants sont ici !

De quels enfants parlait-il ? Il était possédé, lui aussi ?

— Réponds-moi ! Verte ! Soufi ! Où sont-ils ?

Il a accepté de s'asseoir, il a même bu le café d'Euphronie. « Ça s'est passé un peu après minuit, a-t-il commencé. Le téléphone a sonné et Ray a décroché… » À l'autre bout du fil, une voix hurlait que la chambre de son fils était vide et qu'il fallait le lui ramener immédiatement. Il a fallu un certain temps à Ray pour reconnaître la mère de Soufi, cette dame qu'il avait rencontrée dans la soirée, quand il avait raccompagné son fils.

Gérard est allé réveiller les filles dans leur chambre. Il espérait qu'elles sauraient où le gamin était passé. Leur réaction a achevé de le paniquer. Elles

n'ont rien dit. Elles se sont levées, elles se sont habillées.

— Qu'est-ce qui se passe ? a-t-il demandé. Vous
faites quoi ?

— Tu ne comprends rien, a répondu Verte, il faut
que j'y aille.

Il l'a giflée puis il est sorti de la chambre.

Pendant ce temps, Ray avait appelé le commissariat. On lui avait répondu sèchement. Ils étaient au
courant de la fugue, oui. Et non, on n'avait pas
besoin de lui. Il ennuyait tout le monde en interve-
nant à tort et à travers. Sans compter qu'on devait
s'occuper d'un départ d'incendie dans le bâtiment
B… On lui demandait de lâcher l'affaire. Pour Ray,
c'est un monde qui s'effondrait. Il est resté muet, à
suffoquer, penché sur son bureau. Gérard l'aidait à
s'allonger sur le canapé quand il a entendu cliqueter
la serrure de la porte d'entrée. Il s'est précipité dans
la chambre. Pome était seule.

— Et Verte ?

— Je ne peux pas le dire.

— Elle est sortie ?

— Je ne peux pas le dire, a répété Pome, et cette
fois c'est elle qui a pris la gifle.

Gérard est sorti de l'appartement. Il a dévalé les

escaliers. Dehors, il a scruté l'obscurité. Personne. Devant le hall, les allées désertes partaient dans toutes les directions. Il est remonté et il a ordonné à Pome de s'occuper de Ray.

— Je te laisse le numéro de téléphone des pompiers. S'il arrive malheur à mon père, je te promets que tu ne verras jamais plus ma fille. Et je ne te parle même pas du foot... Je me suis bien fait comprendre ?

Il l'a plantée là pour prendre sa voiture et foncer chez Euphronie. Tout en conduisant, il s'est convaincu que Verte et Soufi avaient trouvé refuge chez elle. Et maintenant il découvrait qu'ils n'étaient pas là... Alors ?

— Pourquoi Verte ? ai-je demandé. Verte n'est rien pour eux...

— Ils n'ont pas pris Pome ? s'est étonnée Clorinda qui était complètement réveillée. Ça n'a aucun sens...

Gérard s'est bouché les oreilles.

— Qu'est-ce que ça veut dire ? a-t-il crié. Qu'est-ce que vous trafiquez dans la nuit, comme un cercle de... un cercle de...

— Sorcières, oui, a complété Euphronie. Ta fille est sorcière, comme sa mère, sa grand-mère, sa copine, la mère de sa copine et même moi. Tu devais t'en douter, depuis le temps ?

— Si je t'écoute, espèce de vieille folle, comment expliquer qu'aucune de vous n'est capable d'arrêter ce gâchis ?

— Tu crois quoi ? Que nos pouvoirs sont sans limites ? Qu'il nous suffit de vouloir pour obtenir ? Même Dieu n'est pas fichu de se faire respecter ! Si Lui n'y arrive pas, alors nous…

— Laisse-nous faire, Gérard, ai-je murmuré. Nous faisons tout notre possible pour la sortir de là.

Gérard s'est tourné vers moi. S'il avait pu m'étrangler, il l'aurait fait sur-le-champ. Mais il n'a pas bougé. J'étais sa seule chance de revoir Verte et il le savait.

Il s'est levé et il a boutonné son manteau. Peut-être espérait-il que nous l'étions vraiment, sorcières. Si nous avions les pouvoirs que nous attribue la légende, qu'est-ce qui nous empêchait de mettre un terme au cauchemar qu'il était en train de vivre ? Pauvre Gérard. Il était tellement perdu qu'il était tout près de croire l'incroyable. J'aurais voulu pouvoir partager son angoisse et lui expliquer ce que je savais. Mais quel simple vivant aurait accepté d'entendre ce que j'avais à dire ? Je l'ai regardé se préparer sans prononcer un mot, sans tenter vers lui un geste amical. Et soudain j'ai été traversée par une pensée très étrange. Je me suis vue le prendre dans mes bras et le serrer contre moi pour qu'il ne soit plus seul dans sa peur. Je n'en ai rien fait. Il a dû sentir qu'un phénomène inhabituel était en train de se produire parce que ses yeux se sont posés sur moi. C'était un regard interrogatif et presque tendre. Un sentiment de fragilité très désagréable est passé comme un souffle. J'étais si mal à l'aise que je me suis détournée. Ensuite il est parti.

Rien ne pouvait plus faire taire Clorinda. Elle était beaucoup plus supportable quand elle dormait.

– Un départ de feu ? C'est mon appartement qui brûle ! Je vais rentrer, que vous soyez d'accord ou non ! Il faut que je sauve mes élevages... Ce n'est pas tellement pour les salamandres, elles ne craignent pas le feu. Mais les autres ? Les araignées, les petites chimères ? Et ceux qui sont déshydratés ? Ils ont peut-être brûlé comme de la paille. Ou ils ont bouilli dans leurs bocaux, c'est atroce...

J'avais envie de l'assommer.

– Je te rappelle que deux gosses ont disparu, dont l'une est ma fille ! Tais-toi !

— Ce n'est pas parce que ta fille est dehors que toute cette précieuse petite vie n'est pas en danger, et s'il faut que j'attende qu'Anastabotte ait fait le voyage…

Je l'aurais tuée si ça n'avait pas sonné, une fois de plus, à la porte.

— Gérard a dû oublier quelque chose, ai-je dit.

Clorinda s'est extraite de son canapé. Son pas pesant a retenti dans le couloir, suivi par une exclamation effarée.

— Anastabotte !

En effet, c'était elle, portant à l'épaule le sac où elle avait fourré son équipement.

— On est entré chez moi. La bague n'y est plus.

J'ai échangé un regard avec Clorinda, puis avec Euphronie.

— On savait où j'allais. On a voulu m'en empêcher.

— Non, a murmuré Euphronie. Ce n'est pas ça…

— Qui peut savoir ce qu'est cette bague et où elle nous conduit ?

La réponse était malheureusement évidente.

— Verte, ai-je répondu. Elle a filé de chez son père.

— Pourquoi, bon sang, pourquoi ?

— Soufi s'est volatilisé.

— Les Ténèbres ?

— Sûrement.

— Elle est partie pour l'entre-deux-mondes ?

— Elle est partie pour le sauver.

Le visage d'Anastabotte est devenu couleur de cendre. Elle a chancelé. Elle s'est retenue au bras du canapé.

— Mais c'est impossible ! Elle est trop petite, tu le sais bien, Ursule ! Elle est beaucoup trop petite...

VERTE

Même si j'avais voulu dormir, je n'aurais pas pu. J'étais trop en colère. Je les détestais, tous. Ma mère, la mère de Pome, Anastabotte, Ray, Gérard. Ils auraient dû nous protéger. Et depuis deux jours ils ne faisaient qu'aggraver les choses, chacun apportant sa petite stupidité à la catastrophe générale.

Ray essayait de jouer le patron mais on se fichait de lui partout, les policiers, le principal, les parents. Ma grand-mère et sa copine se ridiculisaient en se baladant déguisées en abat-jour. Quant à ma mère… Elle exhibait Soufi pour que tout le monde comprenne à quel point il était important. Pour couronner le tout, ils ne trouvaient rien de plus malin que de le ramener chez lui, à la disposition de qui voulait l'emporter, servez-vous les gars, au revoir et merci !

Soufi aurait dû dormir chez nous. Nous aurions veillé sur lui. Nous ne sommes peut-être pas confirmées, Pome et moi, mais nous en savons toujours plus que Gérard et Ray réunis. Mais non. Gérard l'avait reconduit chez lui, comme si nous avions passé l'après-midi à jouer au Scrabble.

J'étais dans un tel état de fureur que je ne pouvais même pas parler à Pome. Je l'entendais respirer sur son matelas. Elle devait être encore plus mal que moi, si c'est possible. Parce qu'en plus elle se rendait malade pour sa mère, cette idiote avec son drapeau noir et ses imprécations… C'était une nuit pourrie dans une époque pourrie. Et j'étais coincée dans mon lit à attendre que la fin du monde nous tombe dessus.

J'étais au bord de l'explosion quand le téléphone a sonné.

— Ça y est… a murmuré Pome.

Mon père est entré comme un cinglé dans la chambre. Soufi avait disparu, quelle surprise ! Et c'était à nous qu'il demandait des explications… J'aurais bien pris cinq minutes pour lui dire que tout était de sa faute, à lui et à sa bande d'irresponsables. Mais il n'aurait pas compris. C'était le problème avec lui, comme avec Ray. Ils n'avaient aucune idée de ce qui était en train de se passer. Je l'ai averti que je n'avais pas de temps à perdre en explications inutiles et tout ce que j'y ai gagné, c'est une claque. Mais je m'en fichais. J'ai attendu qu'il quitte la chambre et j'ai mis mes chaussures.

— Tu vas où ?

Pome s'était assise sur son lit. Elle pleurait tellement qu'on avait du mal à la comprendre. Je lui ai tendu mon foulard pour qu'elle essuie ses larmes. Elle a répété :

— Tu vas où ?

— Le chercher. Arrête de pleurer comme ça ! Tu me fais honte !

Elle a reniflé.

— J'ai peur…

— Et moi, tu crois que je n'ai pas peur ?

J'ai pris ma sacoche, mes clés et mon bonnet.

— Tu reviens quand ?

— Quand je l'aurais retrouvé.

— Tu vas y arriver ?

— Bien obligée. C'est mon fiancé après tout. T'as fini de pleurer ?

Mon foulard était trempé et je crois bien qu'elle s'était mouchée dedans. Elle a essuyé ses yeux une dernière fois et elle me l'a tendu.

— Il est un peu mouillé…

J'ai guetté par la porte entrouverte. Ray était

allongé sur le canapé, les yeux fermés. Penché sur lui, mon père l'écoutait respirer. La voie était libre. J'ai jeté un dernier coup d'œil à Pome, j'ai pris mes clés et je suis partie sans un mot. Il y a des moments dans la vie où il vaut mieux éviter les sentiments. On n'a pas trop le temps de se laisser déborder.

Cochonnerie de serrure... Elle a claqué avec un bruit de détonation. Si Gérard ne m'avait pas vue sortir, il m'avait entendue ! Plutôt que d'essayer de le distancer (je me débrouille à la course mais pas au point de battre mon entraîneur), je me suis cachée dans le local des poubelles. De là, je l'ai entendu dégringoler les marches puis ouvrir la porte de l'immeuble... avant de remonter les escaliers quatre à quatre. Pauvre vieux. Non seulement il avait perdu sa fille mais en plus je lui ai piqué son vélo. Un peu grand, d'accord, mais en baissant la selle, je touchais les pédales. Je n'avais plus qu'à y aller. Super... Mais aller où ?

Soufi pouvait être n'importe où sur la terre, autant dire que je ne le trouverai nulle part. Ce que j'avais de mieux à faire était encore de le chercher ailleurs. Là où il avait vu ses ravisseurs. Dans l'entre-deux-mondes. Si j'arrivais à les mettre hors d'état de nuire, eux, j'avais mes chances de le sauver, lui. Encore fallait-il y aller, dans l'entre-deux-mondes... Soufi s'était déplacé par la voyance. Ça ne suffirait pas cette fois. Il fallait que j'arrive à transporter toute ma présence, mes os, ma peau, mon sang et tout le bazar. C'est là que j'ai pensé à Anastabotte, à ses leçons du mercredi après-midi, et à cette bague ancienne qui permettait de «passer la porte» entre les mondes. Je me souvenais très bien de ses mots: «Celle qui met la bague à son doigt peut passer la porte. Et je t'interdis d'y toucher.»

Tant qu'elle bavardait chez Euphronie, je n'avais pas à craindre de me faire pincer. J'ai garé le vélo de Gérard dans son couloir. La bague était à sa place dans la cuisine, sur l'étagère. Anastabotte prétend qu'il est idiot de cacher les objets précieux. Elle dit que les laisser en évidence est le meilleur moyen de les dissimuler. Encore une preuve de sa perspicacité.

Quand je me suis approchée, les pierres enchâssées dans l'anneau se sont mises à scintiller. C'était vraiment beau et j'ai été saisie d'une envie folle de mettre cette bague à mon doigt. Je l'ai prise et je l'ai glissée à mon index. Elle s'est ajustée d'elle-même. Le scintillement est devenu clarté rayonnante. Toute la cuisine était illuminée.

Il s'est alors passé une chose très étrange : je me suis mise à partager mon esprit avec la bague. Ce qu'elle savait, je le savais aussi. Je connaissais exactement la procédure à adopter pour passer la porte. C'était elle, bien sûr, qui me guidait.

La cave baignait dans une lumière bleutée. On aurait dit le moment de l'aube, splendide et mystérieux, quand la nuit se déchire dans les premières lueurs du jour. Anastabotte comptait sûrement faire le voyage parce qu'elle avait laissé le baume de transmigration sur son établi. Mais elle n'avait pas encore rassemblé les protections ni les armes. J'ai cherché autour de moi. Je me souvenais qu'elle possédait une fine épée à lame vivante, mais je ne l'ai vue nulle part. Mon regard s'est arrêté sur une petite hache accrochée au mur. Elle avait un manche de bois poli et une tête aiguisée, fine et tranchante. J'ai passé le manche dans la ceinture de mon pantalon. Elle a trouvé sa place comme si elle n'attendait que ça, d'être portée sur le côté. Pour une hache, elle était drôlement accommodante.

Juste à côté d'elle, un étui de sarbacane était suspendu à un clou. Si j'avais eu le choix, j'aurais préféré un arc… Mais le seul que j'aie jamais vu chez Anastabotte était celui de sa propre grand-mère, un arc immense et vermoulu qu'elle avait fixé au mur de sa chambre en guise de décoration. J'ai décroché la sarbacane et j'en ai profité pour prendre une poignée de billes dans le bocal posé sur l'établi. J'adorais ce bocal quand j'étais petite à cause de la couleur des billes. Anastabotte m'avait ri au nez quand je lui avais demandé si je pouvais avoir les bonbons. « Personne ne mange ces bonbons ! Ils sont beaucoup trop pétillants ! » Restait à prendre une protection… Les yeux étaient introuvables. Par chance, Euphronie avait oublié son masque. Il était trop grand pour moi mais, en serrant bien les lanières, j'arrivais à protéger mon visage. Je l'ai fourré dans mon sac.

Quand j'ai ouvert le pot de baume, l'odeur m'a sauté à la figure. Il puait la terre, les feuilles pourries et l'eau croupie… J'ai bloqué mon nez pour respirer par la bouche. Front, cou, poignets… j'ai même passé la main sous mon pull pour m'enduire le ventre. Au fur et à mesure que je me tartinais, l'odeur diminuait. Je suppose que c'était moi qui puais tout entière. Le baume m'a enveloppée comme une combinaison. Je l'ai senti se refermer comme si une fermeture invisible le zippait. Alors seulement j'ai vu la porte. Elle se découpait sur le mur, une porte toute simple, en bois, avec une poignée de porcelaine blanche. Elle était tellement modeste, on aurait dit la porte de la salle de bains. Sa seule particularité était ce rayon phosphorescent qui s'échappait des jointures. Je jubilais, c'était la bague qui était contente. Elle espérait ce moment depuis très longtemps.

J'ai jeté un dernier coup d'œil derrière moi. Il était possible que je ne repasse jamais cette porte. Je voyais peut-être la cave de ma grand-mère pour la dernière fois. J'étais sans illusion mais sans regret. Je savais ce que j'avais à faire. J'ai tourné la poignée. La lumière m'a aveuglée, une lumière froide, comme produite par des rangées et des rangées de néons. J'ai plissé les yeux et j'ai passé le seuil. La porte s'est refermée derrière moi.

Je n'aurais pas été étonnée par un décor de grotte ou de souterrain, un tunnel aux murs suintants habité de chauves-souris. Mais j'étais dans un couloir qui ressemblait à un couloir d'hôpital, silencieux et propre, avec ses murs laqués bleu clair et ses éclairages blancs. On aurait dit que la dame de ménage venait de passer la cireuse sur le lino. Le couloir montait légèrement, ce dont on ne se rendait compte qu'au bout de quelque temps, quand les jambes se mettaient à tirailler. J'étais seule. Parfaitement seule. Nous avions à peine passé la porte que la bague s'était calmée. Elle luisait faiblement et n'émettait plus aucune chaleur. Elle m'avait entraînée là où elle voulait aller. Et maintenant c'était la sieste.

J'ai marché longtemps. J'avais beau me répéter que l'interminable couloir avait sûrement une fin et que la bague savait où nous allions, mon espoir s'amenuisait à chaque pas. Peut-être que ce couloir était l'entre-deux-mondes, peut-être qu'il durait l'éternité, et que j'allais marcher jusqu'à la fin des temps. Personne ne savait où j'étais, et de toute façon, comme j'étais partie avec la bague, personne ne pourrait venir me rechercher. J'avais envie de m'asseoir par terre pour pleurer quand les bruits sont arrivés. Ils formaient un murmure, accompagné d'un clapotement harmonieux, comme une petite cascade dans une forêt. Rien à voir avec les cloches et les hurlements qui avaient agressé Soufi. J'étais presque rassurée quand j'ai vu, surgi du rien, un homme qui s'avançait vers moi. Plutôt vieux, vêtu d'un costume de velours usé, il semblait plutôt bienveillant. Arrivé à ma hauteur, il m'a souri et m'a fait signe de le suivre. À moins de faire demi-tour en courant, je n'avais pas vraiment le choix… Je lui ai rendu son sourire et je lui ai emboîté le pas. Sa silhouette paraissait par moments un peu floue. On aurait dit qu'il flottait. De temps à autre, il tournait la tête pour s'assurer que j'étais toujours derrière lui. Mes affaires étaient peut-être en train de s'arranger.

Le couloir aboutissait bêtement à une porte, pareille à celle qui s'était dessinée dans la cave, le rayonnement phosphorescent en moins. J'ai tourné la poignée de porcelaine blanche. Et j'ai ouvert sur l'enfer. Devant moi s'étalait une étendue dévastée, parsemée d'amas de roches noires. On n'y voyait rien qui vive, ni herbe, ni bêtes, ni oiseaux. Et impossible de faire marche arrière… J'avais à peine franchi le seuil que la porte s'était refermée dans mon dos. Je me retrouvais dans un crépuscule traversé par endroits de lueurs jaunâtres. Qu'est-ce que je fichais là ? À quelques mètres de moi, mon vieux guide souriait toujours. Il paraissait assez satisfait de m'avoir amenée à bon port.

Mes yeux se sont habitués très vite, ils se réglaient d'eux-mêmes à la pénombre. Un petit filet d'eau bondissait au milieu des pierres. Et sur les rives, agglu-

tinées les unes aux autres, de petites créatures translu-
cides tournaient vers moi leurs visages curieux… Les
homoncules ! La petite bande du marronnier ! La
désolation générale n'avait pas l'air de les affecter.
Ils étaient chez eux dans l'entre-deux-mondes. Et ils
gazouillaient. J'avais cru jusque-là qu'ils étaient muets.
Mais c'était dans le monde des simples vivants.

Il était presque impossible de reconnaître un son
dans leur babillage. Ce que je pouvais saisir n'avait
pas beaucoup de sens. « Je revais », semblait dire le
murmure. « Je re-vais » ? Du célèbre verbe re-aller ?
Ou peut-être « Je rêvais » ? J'ai mis les mains en
porte-voix et j'ai crié pour répondre : « Je rêvais ! Je
rêvais ! » Une vague d'hilarité a traversé les essaims
d'homoncules. Même mon guide s'est mis à rire.

J'étais stupéfaite. Je n'avais pas entendu le son de
ma propre voix. Et pourtant, ils m'avaient com-
prise… Je me suis souvenue du récit de Soufi : des
mots lui étaient arrivés directement, sans passer par
ses oreilles. Ça coïncidait. Enfin. J'étais arrivée au
même endroit que lui.

Et maintenant il fallait que j'avance. Pas pour le
plaisir de m'enfoncer dans un désert de pierre. Pour
lui. Pour qu'il vive. Je ne pouvais pas me permettre

de gaspiller le temps. Comment faire ? Où aller ? J'ai jeté un coup d'œil à la bague. Cette fainéante était complètement éteinte.

Comme s'il avait deviné mes pensées (et c'était sans doute le cas), mon guide m'a fait signe. Je l'ai rejoint. On devinait un gué au milieu du courant. Même si je n'avais aucune idée de ce qu'il me voulait, il fallait reconnaître que ce type était vraiment un ami. Arrivée sur l'autre bord, j'ai regardé derrière moi. La porte s'était effacée. Il ne restait plus aucune trace de mon passage.

Les homoncules m'avaient oubliée. Ils avaient repris leurs activités, aussi indifférents et mystérieusement occupés qu'ils l'étaient dans le marronnier de la cour. Des images du collège m'ont traversé l'esprit. L'espace d'un instant, les deux mondes se sont rejoints et je me suis sentie pleine de courage et de détermination.

J'avançais avec précaution. On a vite fait de se tordre la cheville dans la caillasse. Je clignais des yeux dans l'air raréfié. Je suivais machinalement mon guide quand soudain, sans prévenir, sa silhouette s'est évanouie. Il était là, devant moi, et l'instant d'après il n'y avait plus personne. J'ai senti mon estomac se tordre et la panique me couper les jambes... quand il a réapparu, aussi soudainement qu'il avait disparu ! Il s'était déplacé de quelques mètres et me contemplait, les yeux pétillants, ravi de sa blague. Je n'ai pas eu le cœur de lui faire la tête. On s'amuse comme on peut.

Nous avancions pépères, l'un (qui disparaissait de temps à autre) derrière l'autre (qui trébuchait de temps en temps)... Ma peau s'asséchait et les yeux me piquaient. J'ai sorti le masque du sac. Il flottait un peu sur mon visage mais je respirais plus facilement et les yeux ont cessé de me brûler.

Nous avions beau avancer, le paysage ne variait pas beaucoup. Un chemin de rocaille interrompu parfois par un éboulis, des couleurs de rouille et de charbon, un ciel de suie. À quoi bon avoir quitté le couloir interminable si c'était pour se retrouver dans un éternel terrain vague ? J'avais l'impression d'être une condamnée mythologique, forcée à marcher jusqu'à la fin des temps pour expier un crime pas grave et qu'en plus je n'avais même pas commis. Je me demandais si ce type clignotant était vraiment miraculeusement au courant de ce que je cherchais ou s'il me baladait gentiment parce qu'il n'avait rien de mieux à faire...

Le sol s'était tassé. Le tapis de pierre avait cédé la place à une terre tellement brûlée qu'elle était vitrifiée. Mon chaperon avait de nouveau disparu et j'attendais qu'il revienne en réajustant mon masque. C'est là que je les ai vus, à quelques dizaines de mètres, plantés dans la terre calcinée. À première vue, ils n'avaient rien de très impressionnant. S'il y avait eu des arbres dans l'entre-deux-mondes, ils se seraient confondus avec eux. Mais, à bien y regarder, ces branches malingres étaient des bras, ces rameaux secs étaient des doigts, et ces troncs portaient des yeux qui m'observaient méchamment. Ils étaient agités de mouvements légers et menaçants, comme ceux que leur aurait imprimé un vent qui n'existait pas.

On peut avoir voulu une chose plus que tout au monde, avoir consenti des efforts inimaginables pour l'obtenir, et se trouver pétrifiée quand elle est à portée de main. C'était ce qui était en train de se passer. Mon cœur battait si fort que je craignais qu'il me sorte par le nez et les oreilles. J'étais glacée par une terreur primitive, celle du lapin devant le python, de la poule en face du renard. Comble d'épouvante, mon guide avait à nouveau disparu. Il m'avait abandonnée.

Il n'y avait plus rien à attendre. J'étais seule, à nouveau, parfaitement seule face à l'ennemi. Mais je n'étais pas perdue. J'avais une mission. J'ai sorti la sarbacane de mon sac. Je l'ai armée d'une bille. De l'autre bras, j'ai dégagé la hache de ma ceinture. J'ai pensé à Soufi et je me suis avancée.

— Vous allez me le rendre, ai-je crié de ma voix qui n'allait nulle part, même si je dois vous tuer pour ça.

La petite forme de Mauve se repliait au fur et à mesure que j'approchais, tandis que celle d'Albin Fontaine-Desfontaines se tournait de tous côtés comme pour chercher secours.

Je n'étais plus qu'à quelques mètres quand ce qu'il guettait s'est manifesté. Une clarté sanglante a envahi l'espace et un grognement furieux a retenti jusque dans mes talons. Sorti de nulle part, un énorme chien aux yeux jaunes s'est posté devant les formes. Puis un autre est apparu, un autre, et un autre encore. Il en venait de partout, qui se plaçaient entre les non-morts et moi, et m'encerclaient. Leurs gueules entrouvertes laissaient deviner des dents gigantesques, irrégulières et aiguisées. Une lueur d'intelligence mauvaise allumait leurs regards. Trop laids pour être des loups, des chiens, des sangliers... Des hyènes ! Elles m'observaient, ramassées sur leurs pattes arrière, leurs cols musculeux tendus pour l'attaque… J'ai lentement porté la sarbacane à mes lèvres. J'ai visé la première. Et j'ai soufflé de toutes mes forces.

Si le son avait porté, le bruit de la détonation m'aurait défoncé les tympans. Une colonne de fumée livide s'est élevée là où une hyène bien décidée à me saigner s'apprêtait une seconde plus tôt à me sauter dessus. Il n'en restait plus rien. Le projectile l'avait pulvérisée. Pour autant, il n'y avait pas de quoi se réjouir. J'en avais éliminé une et elles étaient cent. Cent hyènes. Dix billes. Le compte était vite fait. Les hyènes gagnaient. Je ne pensais plus qu'à leurs mâchoires et au mal qu'elles me feraient en se refermant sur moi. Est-ce qu'on souffrait, dans l'entre-deux-mondes ? Combien de temps ? Étais-je même sûre de mourir ? Ou faudrait-il que je devienne moi aussi une cochonnerie à demi morte accrochée dans le sol ?

Je pouvais réserver mes billes aux non-morts. Mais je risquais, en les explosant, d'anéantir Soufi. Quoi que je fasse, mes chances étaient nulles. Il fallait que je me rende à la raison. Je ne reverrai jamais Soufi, ni aucun de ceux que j'aimais. Les hyènes me regardaient toujours sans bouger. Saletés… J'étais peut-être condamnée mais je n'allais pas bouder le plaisir d'en dézinguer quelques-unes… J'ai armé ma sarbacane. La deuxième bête s'est éparpillée dans la fumée. C'était presque trop facile. J'avais la sensation horrible de manœuvrer une manette devant un écran. Je pouvais souffler dans cette sarbacane tant que je voulais, le jeu continuerait et rien ne changerait le programme…

Je ne voulais pas disparaître comme n'importe quelle créature irresponsable qui meurt sans honneur et sans raison. Il fallait que les mondes entendent une dernière fois ce qui m'avait conduite ici, et pourquoi j'y laissais ma peau.

— Ursule ma mère, ai-je déclaré dans mon masque, Anastabotte ma grand-mère, mère et grands-mères de ma grand-mère, et même arrière-grands-mères, j'aurais bien voulu gagner cette bataille, mais puisqu'on dirait que je vais la perdre je suis fière de mourir en sorcière…

C'était une prière assez prestigieuse. Mais en vérité j'avais juste envie de fondre en larmes en rechargeant ma sarbacane. J'étais arrivée si près du but et j'avais tout perdu… Les mochetés des Ténèbres m'attendaient avec une sinistre patience.

Ma huitième hyène partait en fumée quand, subitement, ses congénères ont détourné leurs grosses encolures tachetées. J'ai suivi leurs regards… Une longue file des créatures enveloppées de voiles venait vers nous, en désordre et sans hâte. Devant elles, une haute silhouette menait la procession. Sa robe effrangée balayait le sol. À sa vue, les hyènes avaient cessé de montrer les crocs. Assises sur leur arrière-train, elles reniflaient autour d'elles d'un mufle indécis. Les machines à tuer s'étaient transformées en grosses bêtes domestiques.

— Partez maintenant! a ordonné une voix dans ma tête. Là où nous sommes, vous n'avez rien à faire.

La première hyène s'est relevée lentement et m'a tourné le dos pour repartir comme elle était venue. Une à une, les autres ont suivi. Elles mettaient un temps considérable à se décider, mais elles finissaient par abandonner la place. C'était merveilleux de les voir disparaître, elles et leurs mâchoires répugnantes. De là pourtant à être complètement rassurée, il y avait une marge. Qu'est-ce qui se cachait derrière les voiles? Une nouvelle ruse des Ténèbres? J'ai retiré lentement la main de mon sac et fourré une bille dans ma sarbacane. Il m'en restait deux…

— Quant à toi, tu vas me faire le plaisir de remettre cette sarbacane dans ton sac ! Et tout de suite ! a tempêté la voix, et cette fois c'était à moi qu'elle s'adressait.

Je n'ai pas fait la maligne, j'ai rangé la sarbacane.

— Regarde-moi ! a fait la voix.

J'ai levé la tête. Et c'est lui que j'ai vu ! Il était revenu ! Mon guide clignotant se tenait à côté de la Première Processionnaire ! S'il était là, le défilé des voiles venait en ami...

Toute droite devant les siens, la Première Processionnaire semblait les protéger. La pensée m'est venue que sa robe, même mitée, aurait fait merveille sur Anastabotte. Elle avait tout ce dont raffolait ma grand-mère, un jabot élimé, une jupe à crevés, une ceinture à écailles, et des fronces médiévales.

— Sorcières, sorcières... ai-je murmuré dans mon masque.

Un frémissement d'excitation a couru dans le défilé.

— Verte ! a appelé la voix et je me suis ratatinée. Fille d'Ursule, petite-fille d'Anastabotte, arrière-petite-fille de Griselda, arrière-arrière-petite-fille d'Ellidore...

Elle les connaissait toutes et dans l'ordre. C'était

quand même dingue de faire tout ce chemin pour se retrouver dans une réunion de famille.

— Tu as beau venir d'un clan glorieux, tu te comportes comme une délinquante. Tu voles la bague, le baume, la sarbacane. Tu laisses ta mère et ta grand-mère au désespoir. Tu ne manques pas de culot !

Tout ça pour me faire remonter les bretelles…

— Arrête de faire du bruit, je ne m'entends plus ! On se tait quand je parle !

Elle m'enguirlandait. Exactement comme Anastabotte ! Et ce n'était même pas la peine d'essayer de me justifier puisqu'elle entendait mes pensées. J'ai concentré mes forces pour faire le vide dans ma tête.

— Nous nous sommes déplacées, nous tes ancêtres, tes tantes et tes cousines. Pourquoi ? Pour sauver une gourde égarée dans l'entre-deux-mondes ? À ton avis ? Réponds !

— Je ne sais pas, madame…

— Madame ? Tu me prends pour une simple vivante ? On m'appelle Ellidore ! Alors, vraiment, tu ne sais pas ?

Ellidore s'est tournée vers les processionnaires.

— Elle ne sait pas ! Elle est devant nous et elle ne sait pas !

Un bourdonnement de réprobation est passé sur l'assemblée.

— Je sais, madame ! Je sais !

— Madame ?

— Ellidore… Je suis peut-être une gourde mais je me bats contre les Ténèbres.

— Tu vois ! a tonné la voix. Quand tu fais un effort ! Oui, tu es une bécasse mais nous aimons ton courage. Tes ennemis sont nos ennemis, ta perte serait notre perte, ta victoire sera notre victoire. Nous aussi, autrefois, nous aurions aimé qu'un être fasse l'impossible pour nous sauver des persécutions. Nous avons tant souffert, nous avons été si seules, si trahies, et si abandonnées… Voilà pourquoi nous avons entendu ta prière, et nous avons suivi Gervais.

Gervais ? Gervais… Gervais ! Le père d'Ursule, mon grand-père jamais connu, le mari d'Anastabotte ? «Je revais, jrevais, jervais, Gervais»… C'était lui que désignaient les petits cris des homoncules. Lui qui me contemplait de ses bons yeux pleins de tendresse.

— Nous avons mis en fuite leurs molosses, a poursuivi Ellidore. Mais notre pouvoir s'arrête là. Les ombres n'ont pas le pouvoir de combattre ceux qui sont gardés en demi-vie. Tu es vivante, c'est à toi de les déraciner et de les envoyer chez les morts. C'est une mission dangereuse. Je ne te cache pas que j'aurais préféré voir Anastabotte à ta place. Mais enfin, puisque tu es là…

J'ai jeté un coup d'œil aux non-morts. Ils savaient ce qui les attendait. Mais ils ne pouvaient rien faire d'autre que se tordre vainement sur place. Ellidore a suivi mon regard.

— Pauvres monstres stupides et malfaisants ! Combien de temps encore les simples vivants se laisseront-ils conduire par les Ténèbres ? Est-ce qu'ils n'apprennent rien ? Est-ce que personne ne se souvient de nous ?

Elle a levé la main et lentement relevé le voile qui dissimulait sa figure. Puis elle a tourné la tête. La moitié de son visage était lisse et merveilleusement belle, mais l'autre était affreuse, couverte d'une croûte épaisse et brune que trouait un œil mort. Autour d'elle, les ombres se dévoilaient peu à peu, et présentaient tristement leur double face splendide et martyrisée. Si la plupart étaient des femmes, je reconnaissais des figures d'hommes au profil défiguré.

— Nous avons été chassés, pendus, brisés, brûlés, a dit la voix. Il n'y a pas eu un temps sans camps, gibets, tortures, bûchers, et victimes pour les alimenter. Pas un, tu m'entends ! Et pourtant nous avons gardé l'espoir. Pourquoi ? Parce que le Mal ne revient jamais seul. Il est toujours suivi d'une petite gourde aventureuse, armée d'une hache et d'une sarbacane. Elle a porté de nombreux noms au cours de l'Histoire. Aujourd'hui, pour moi, elle s'appelle Verte.

C'était un discours terriblement solennel. Même si « bécasse » n'était pas exactement l'épithète sublime dont j'aurais rêvé. J'ai pris ma hache à deux mains et je l'ai brandie devant la procession. Un petit chant d'encouragement aurait été le bienvenu… Mais l'ambiance n'était pas à la chorale. Tout était tellement bizarre… À peine Ellidore avait-elle prononcé ces fortes paroles que les sorcières et les sorciers s'étaient assis par terre. Ils ressemblaient à une tribu de nomades qui fait halte, tour à tour attentive et distraite. Physiquement, je ne me sentais pas très soutenue. Mais moralement, j'étais gonflée à bloc. Mon peuple était en haillons. Mais mon peuple était là.

Il suffisait que je la tienne fermement. Cette hache choisissait d'elle-même l'endroit où frapper. Les premiers coups m'ont débarrassée des branches qui me menaçaient de leurs rameaux pointus. J'avais craint les blessures et le sang qui pouvait en sortir. Mais la matière des non-morts tenait plus de la fibre du bois que de la chair des hommes. C'est tout juste si une sève épaisse et brune suintait à l'endroit de la coupe. Je n'avais pas plus de remords à frapper que je n'en aurais eu à débiter des rondins pour le feu. Dépouillés de leurs branches, les non-morts se balançaient comme s'ils espéraient échapper à la fureur de ma brave petite hache. Il fallait que je cogne à la base pour trouver les racines.

J'allais attaquer au ras du sol quand j'ai aperçu, dans l'étroit sillon qui séparait les deux troncs, une petite excroissance qui sortait de la terre comme un surgeon. Un nouvel arbre ? Un bébé monstre ? J'ai resserré le masque sur mes yeux et je me suis penchée. Ce machin à demi enfoncé dans le sol était un cocon, emmailloté de feuilles et de copeaux.

Dans ma main, la hache ne bougeait plus. Il y avait là quelque chose qu'elle ne voulait pas détruire… J'ai tendu le bras et j'ai senti les deux troncs se rapprocher l'un de l'autre, comme s'ils comptaient encore m'écrabouiller entre eux. Mais privés de leurs branches et vidés de leur sève, ils n'en avaient plus la force. J'ai doucement extrait le cocon, arrachant au passage quelques radicelles fines et fragiles qui s'accrochaient au sol.

Je le sentais respirer dans mes paumes. Je n'avais pas besoin de le démailloter pour savoir ce qui se cachait dans la coque… C'était la vie de Soufi, sa vie ramassée dans une enveloppe et séquestrée dans l'entre-deux-mondes. Les non-morts qui avaient enlevé mon ami l'avaient enraciné afin d'en faire l'un des leurs. J'allais leur épargner cette peine… J'allais même leur rendre le service de les libérer de leurs interminables demi-vies. J'ai glissé Soufi sous mon pull, bien au chaud contre ma peau, et j'ai repris ma hache.

Les racines étaient innombrables. Leur réseau s'étendait en largeur autant qu'il descendait en profondeur. Par chance, à chaque coup de hache, elles se tordaient sur elles-mêmes comme des serpents, ce qui remuait le sol et facilitait mes efforts. Les troncs vacillaient, prêts à s'effondrer. J'étais sûre que mon prochain coup serait le dernier quand j'ai senti que je frappais une artère plus grosse que les autres. Une vapeur noirâtre s'est échappée des entailles, se glissant sous mon masque, brûlant mes mains, ma gorge et mes yeux. Je n'étais plus qu'à quelques coups de la victoire et ils étaient en train de m'asphyxier…

C'était trop bête. Il fallait que je me protège, le temps d'en finir. J'ai sorti le foulard de mon sac.

Je l'ai glissé sous le masque, appliqué sur ma bouche et mon nez, tiré jusqu'aux paupières. Une caresse d'une immense douceur est passée sur ma peau. J'ai pris une grande inspiration. L'air avait la saveur claire de l'eau de montagne. Mes yeux apaisés ont percé l'écran de fumée brune. Ce foulard était trempé des larmes de Pome. C'était elle qui était avec moi, me protégeant de ses mains, me prêtant ses yeux.

Dans l'enchevêtrement des racines, deux d'entre elles me sont apparues avec une clarté extraordinaire. Je n'ai pas eu à réfléchir. La hache l'a fait pour moi. Elle est tombée deux fois. Les troncs se sont fendus ensemble, libérant un flot d'écume grise qui a jailli par vagues des profondeurs. C'était le dernier piège… Si je ne débarrassais pas le terrain, très vite, j'allais être emportée par ce qui ressemblait de plus en plus à un torrent furieux.

J'ai regardé du côté des sorcières. La lande était vide. Elles s'étaient évaporées. Seul mon grand-père était resté. Il m'apparaissait au loin, environné d'une nuée mouvante et bleue. Il avait intérêt à se bouger s'il voulait me repêcher avant que je sois noyée…

J'étais si fatiguée que des larmes énormes se sont mises à couler de mes yeux, que même le foulard n'arrivait pas à éponger. J'avais tant de questions sans réponse. Est-ce que j'allais devoir errer encore long-temps ? Est-ce que je reviendrais un jour dans mon monde ? Et Soufi ? Combien de temps pouvait-il vivre déraciné ? Et dans quel état se trouvait son corps vivant ?... Je n'avais plus de force. L'eau me montait jusqu'aux cuisses et j'étais presque d'accord pour me laisser couler. J'ai fermé les yeux, je me suis abandonnée... Pendant quelques instants, j'ai eu la sensation que je mourais. C'était tellement facile, c'était comme s'envoler...

Un vrombissement léger et continu résonnait dans mes oreilles. Était-ce cela, la mort ? Il fallait que je m'en assure, j'ai ouvert les yeux... et j'ai vu Ger-vais. Nous planions tous les deux au-dessus de l'eau que vomissaient les deux troncs éventrés. La nuée bleutée qui nous portait était faite de milliers d'ho-moncules qui battaient vaillamment des ailes. J'ai tendu la main vers son visage. Comme mes doigts approchaient de sa joue, l'image s'est brouillée, telle un reflet dans l'eau. Mon grand-père a eu un sourire désolé. J'ai pensé :

— J'avais oublié que tu étais une ombre.

Et j'ai entendu :

— Personne n'est parfait.

— Je suis tellement contente de te connaître…

— Tu remercieras Anastabotte. C'est elle qui m'a appelé. Tu l'embrasseras pour moi…

— Tu vas me laisser, toi aussi ? Qu'est-ce que je vais devenir ?

— Les homoncules… Ils vont te ramener.

— Viens avec moi !

Mon grand-père a secoué la tête.

— Les vivants ne sont pas les ombres, la mort n'est pas la vie, il ne faut pas tout mélanger.

— Je ne te verrai plus jamais ?

— Je passerai dans tes rêves. Tu sauras que je ne suis pas très loin.

— Je ne peux même pas t'embrasser !

— Moi je peux…

Ses bras se sont ouverts et il s'est penché vers moi. Toute son ombre m'a enveloppée. C'était d'une telle gentillesse que je me suis remise à pleurer, mais ce n'était plus de fatigue, c'était de tendresse. À force de s'étirer, l'ombre s'est effacée. Quand il n'en est plus rien resté, les homoncules se sont rassemblés autour de moi. Notre scaphandre vivant a pris de la hauteur… et nous nous sommes précipités dans le gouffre. Je dégringolais à une vitesse effrayante, le long d'un goulot étroit et noir, aux parois duquel s'accrochaient encore des radicelles. Il y avait certainement mieux en matière de confort, mais j'étais dans le genre d'ascenseur que Soufi avait pris pour descendre… Ce qui voulait dire que j'étais en train de rentrer. Chez moi.

Logiquement, j'aurais dû atterrir chez Anastabotte, dans la cave, à l'endroit d'où j'étais partie. Mais je venais de m'écraser en lieu inconnu. J'étais dans l'entrée d'un logement désert. Ni meuble, ni objet qui signale une présence vivante. J'étais sur mes gardes. Qu'est-ce qui m'assurait que j'étais de retour sur terre ? Je pouvais être tombée dans une trappe de l'espace-temps…

Je me suis avancée à pas lents. L'appartement était vide. Personne n'avait jamais mangé dans cette cuisine. Personne ne s'était jamais lavé dans cette salle de bains. Un petit jour trouble s'annonçait dans l'obscurité du salon… Je suis allée à la fenêtre sans rideau. J'ai collé mon nez sur la vitre. C'était le décor familier du quartier. Ou presque. La vue que j'avais devant moi n'était pas celle qu'on a du bâtiment A, ni du bâtiment B. L'ascenseur m'avait larguée dans le bon quartier mais dans un mauvais bâtiment. En me retournant pour poursuivre mon exploration, j'ai remarqué, dans un coin de la pièce, deux portants chargés de vêtements. Sur l'un, des chemises bleu ciel, et un costume gris dont les jambes trop longues traînaient par terre. Sur l'autre, une demi-douzaine de robes et gilets que je connaissais bien… Les vêtements de Mauve ! J'étais dans le bâtiment D. Chez les non-morts.

Au fond du salon, une porte était entrouverte. Je suis entrée sur la pointe des pieds dans la petite chambre obscure. Ni bureau, ni armoire, il n'y avait même pas un matelas où s'allonger pour dormir. Mais dans un coin, posée sur le sol, gisait une masse grise. Il était là, recroquevillé comme un animal, plongé dans un sommeil effrayant. Soufi.

Je me suis agenouillée. Il respirait très lentement, comme s'il était aidé par une machine. J'ai soulevé mon pull et j'ai sorti le cocon tiède. Sans ouvrir les yeux, il l'a pris entre les mains et l'a porté à son visage. Le cocon s'est vidé comme une outre. On aurait dit qu'il le buvait… Quand il a été tout flasque, Soufi a ouvert les yeux. Il m'a regardée comme si je tombais du ciel (et c'était le cas).

— Mais… Qu'est-ce que tu fais ici ?

— Je te sauve la vie, espèce de rigolo !

Il avait entendu appeler sous ses fenêtres un peu après minuit. Ma voix lui demandait de descendre en bas de chez lui. J'avais des accents terrifiés qui lui serraient le cœur. Pas un instant il n'avait pensé qu'on lui tendait un piège. Il avait enfilé ses baskets, mis sa veste par-dessus son pyjama, et s'était glissé hors de chez lui. Ensuite ses souvenirs s'effaçaient, engloutis dans un sommeil sans rêve.

— Et toi ?

— C'est un peu long à raconter. On va d'abord sortir d'ici…

Soufi a jeté un regard intrigué autour de lui.

— On est chez qui ?

— Je te dirai ça plus tard. Debout…

— On va où ?

— Chez Gérard.

— Mais je suis en pyjama !

— On s'en fiche. Il n'y a personne dehors. Ils dorment.

Il m'a regardée et s'est mis à rire.

— Tu as vu la tête que tu as ?

— Quoi, ma tête ?

— On dirait que tu t'es roulée dans la boue. Et sans vouloir te vexer, tu as une drôle d'odeur…

Il avait été enlevé, séquestré dans un endroit inconnu, il me retrouvait à côté de lui, un masque au cou et une hache à la ceinture… Et tout ce qu'il trouvait à me dire, c'est que j'avais une drôle d'odeur ?

— Arrête d'être désagréable ! J'ai de bonnes raisons de puer. Je suis allée te chercher là-haut, figure-toi. Je ne te dis pas le mal que j'ai eu.

Il s'est plié en deux pour reprendre sa respiration. Quand il s'est relevé, ses yeux brillaient.

— Toi ? Tu es montée chez eux ?

Je le traînais derrière moi. Tout ce que je voulais, c'était rentrer chez Ray. J'imaginais la douche que j'allais prendre pendant que Soufi appellerait ses parents… La rêverie était trop belle. Elle n'a pas duré. Comme nous longions le bâtiment B, il y a eu ce bruit qui grandissait dans la nuit. Puis est venue cette odeur de bois et de caoutchouc brûlé. Soufi s'est arrêté net. Il a posé sa main sur mon bras et il a dit :

— Le feu…

POME

Ce qui s'est passé, c'est qu'en attendant Gérard j'ai surveillé Ray. Je me suis assise par terre à côté du canapé et je l'ai écouté ronfler. Ne rien faire et écouter demande une énorme attention. Quand Gérard est rentré, j'ai cru qu'il allait me remercier mais pas du tout. Il a tiré sur les paupières de Ray pour regarder ses yeux. Apparemment, j'avais loupé quelque chose parce qu'il s'est affolé.

— Je l'emmène à l'hôpital. Et toi, tu ne sors d'ici sous aucun prétexte !

C'est tout ce qu'il a dit. Je me suis retrouvée seule et paniquée. Soufi avait disparu, Verte était partie, maintenant c'était Ray qui tournait de l'œil. J'ai appelé ma mère sur son portable. Je voulais l'entendre. Je voulais être sûre qu'elle était vivante. Seulement, ce n'est pas elle qui a répondu.

— Ta mère a oublié son téléphone ici, a dit Ursule.

— Où elle est ? Tu devais rester avec elle pour la protéger !

— Je n'ai pas pu l'arrêter. Elle était inquiète pour son appartement…

Je suis sûrement une poule mouillée parce que je me suis mise à pleurer. Et bien sûr je me suis fait attraper.

— Arrête de geindre ! Euphronie l'a accompagnée.

Elle voulait me rassurer. Mais l'idée d'Euphronie n'avait rien de rassurant. Elle est encore plus folle que ma mère.

— Comment va Ray ?

— Gérard l'a emmené à l'hôpital.

— Tu es seule ?

— Oui.

— Reste à l'intérieur et ferme la porte à clé ! Tu m'entends ?

— Mais Maman ? Tu vas la chercher ?

— Tout à l'heure. Pour le moment, je suis avec Anastabotte et on essaie de localiser Verte…

J'ai recommencé à pleurer.

— Oh !… Arrête ce cinéma ! a crié Ursule et elle a raccroché.

Ursule ressemble à ma mère. On a beau savoir qu'elles ne sont pas méchantes, souvent on ne peut pas s'empêcher de les détester.

J'ai essayé de voir le bâtiment B par la fenêtre. D'habitude, en regardant sur le côté, on arrive à apercevoir le coin de l'immeuble. Mais il faisait encore nuit et le regard n'allait pas plus loin que les arbres autour du parking. Tout ce que j'ai vu, c'est un groupe de gens qui passaient devant notre immeuble. Ce n'était pas normal. Chez nous, les gens vont rarement en bande, et jamais au milieu de la nuit. J'ai ouvert la fenêtre, et une horrible odeur de brûlé a envahi la pièce. J'ai su immédiatement. C'est comme si je voyais ce qui était en train de se passer. Le feu, la foule, les cris... Il fallait que j'y aille. Gérard et Ursule pourraient me dire ce qu'ils voudraient. Ils n'étaient pas mes parents. Des parents, je n'en avais qu'un et c'était ma mère. Elle était en danger. J'ai pris mon pull et je suis sortie.

Les voisins. Ils étaient revenus. Mais à la place des pancartes qu'ils brandissaient dans la soirée, ils portaient de grandes torches de cire enflammées. Par les fenêtres grandes ouvertes de notre appartement, des femmes balançaient des objets qui se fracassaient en bas de l'immeuble. Les hommes ramassaient les débris et les jetaient au milieu de la pelouse. Ils avaient l'air joyeux. Comme si c'était un bon chantier solidaire de se débarrasser de nous. «Regarde-moi ces cochonneries! disaient leurs voix. On n'a pas idée d'être aussi sales! Pas de ça chez nous. Allez hop… Du balai…» Dans l'entassement des affaires cassées, je reconnaissais nos habits, notre vaisselle, les débris de nos meubles… Et au milieu de tout ça, il y avait ma mère. Elle fouillait les décombres comme si elle voulait sauver quelque chose du désastre. De temps en temps, elle se redressait et elle agitait frénétiquement les bras mais il y avait trop de bruit pour qu'on l'entende crier.

Un ruban de flammes rampait autour du tas. Voilà, on y était. Ils avaient fabriqué le bûcher et maintenant ils allaient la brûler. J'ai cherché autour de moi. Il n'y avait vraiment personne pour les arrêter? Ursule m'avait dit qu'Euphronie…

J'ai fini par la trouver. À l'écart, assise par terre, un sac-poubelle à ses pieds, attachée au tronc d'un arbre par une corde. Je me suis approchée. Il lui a fallu quelques secondes pour me reconnaître… Elle a grimacé.

— Fiche le camp ! Ils vont te brûler avec ta mère !

— Chtttt… Ils vont t'entendre…

Mais les incendiaires étaient bien trop affairés pour s'occuper de nous. Je me suis accroupie et j'ai examiné la corde. Les nœuds étaient trop serrés pour que j'arrive à les défaire. J'ai jeté un coup d'œil au sac-poubelle. Il était rempli de papillotes en papier bleu.

— Les sorts… a gémi Euphronie. Je n'ai même pas eu le temps d'en claquer un. Le grand type, celui qui se fait appeler Albin… Il m'a cueillie tout de suite. Pas pu me défendre. Ça a une force surhumaine, ces machins-là…

Les non-morts… Savaient-ils que j'étais là ? J'ai regardé autour de moi.

— Je ne sais pas où ils sont passés, lui et sa monstresse, a poursuivi Euphronie. Tout à l'heure, on ne voyait qu'eux. Ils dirigeaient les opérations et je te jure qu'ils y mettaient du cœur. Puis ils ont disparu. Va savoir ce qu'ils préparent encore…

J'ai pris un sort dans le sac.

— Bonne idée, gamine ! Si tu arrives à en claquer un, on a de bonnes chances de calmer les trolls. Mais ils sont durs à la détente. J'arrive tout juste à les craquer, alors un quart de portion dans ton genre…

Pendant que nous conspirions, la couronne de flammes prenait de la hauteur autour de ma mère. J'ai pincé les extrémités de la papillote et j'ai tiré de toutes mes forces. En vain. Le papier m'a glissé entre les doigts. J'ai entendu Euphronie soupirer.

— Trop faible, évidemment...

J'ai essayé à nouveau, en y mettant tout ce que j'avais de rage... Toujours rien. Si seulement Anastabotte avait été là ! Je me sentais si désarmée qu'il m'a fallu quelques secondes pour réaliser qu'on venait vers moi. Cette petite personne, à quelques dizaines de mètres, c'était Verte ! Ses vêtements étaient couverts d'une crasse préhistorique, des traces de suie maculaient son visage et ses cheveux étaient collés sur sa tête en touffes poussiéreuses. Et elle n'était pas seule ! Soufi marchait derrière elle...

Elle l'avait ramené ! Mes yeux se sont posés sur une petite hache qui balançait, suspendue à sa ceinture. Une envie irrésistible m'a saisie. Il fallait que je m'en empare. Tout de suite. Elle me le demandait.

— Hé ! Fais attention ! a dit Verte quand j'ai tendu la main.

— Ce n'est pas moi... Elle décide toute seule !

C'était vrai. La hache se glissait dans ma paume.

Elle était légère et si facile à manier qu'on aurait dit qu'elle bougeait d'elle-même. Elle a levé mon bras et, d'un coup, elle a tranché la corde. Euphronie s'est redressée lentement, et, tandis qu'elle frottait ses poignets blessés, j'ai posé la papillote sur le sol devant moi. La hache a remué. Elle voulait encore frapper. Je n'allais pas l'en empêcher...

— Reculez-vous ! a crié Euphronie. Quand ça pète, ça pète !

Je m'attendais au bruit, mais pas au brouillard pestilentiel qui a suivi. Aveuglée, j'ai entendu la voix d'Euphronie constater avec satisfaction :

— Ils sont chargés... J'y suis peut-être allée un peu fort...

Pendant quelques minutes, je n'ai pas eu d'autre choix que de me frotter les yeux et de m'efforcer de respirer sans vomir. Je ne devais pas être la seule à souffrir parce que le vacarme avait cessé. On n'entendait plus que le crépitement du bûcher. Puis une voix a retenti :

— Au feu !

— À l'aide ! a repris une autre. À l'aide !

— On dirait qu'ils sont amortis, s'est félicité Euphronie. Du bon boulot, sans vouloir me vanter...

Elle contemplait la scène en souriant, les bras croisés, dans les vapeurs qui s'effilochaient. Elle ressemblait à une générale embrassant du regard son champ de bataille.

— Profitons-en ! Les deux non-morts ne vont pas tarder à réagir et tout sera à refaire...

— Ma mère !

J'ai couru vers le bûcher sur lequel dansaient de grandes flammes. J'y arrivais quand deux grands bras m'ont soulevée de terre.

— Attends, gamine ! Les grandes personnes s'en occupent. Elles vont sortir ta maman de là...

Puis :

— Faites vite ! La petite est affolée !

J'étais tellement estomaquée que je n'ai rien dit. J'ai regardé le visage de celui qui me tenait serrée contre lui. C'était le voisin du premier étage, celui que j'avais vu deux fois déjà dans la nuit. La première, derrière une pancarte qui réclamait notre exécution. La seconde, derrière une torche qui s'en chargeait. Et le même homme voulait qu'on sauve ma mère ? J'avais beau connaître l'effet des sorts de désenvoûtement, j'étais ahurie. Et qu'est-ce qui allait se passer quand Mauve reprendrait le pouvoir ? Il allait me jeter dans le feu ? Je me suis débattue.

— Calme-toi, ma cocotte ! Regarde ! On te la ramène, ta mère…

Une chaîne d'une dizaine de personnes s'était formée au bord du brasier. Un brave était entré dans le feu et avait saisi ma mère à bras-le-corps. Elle passait de bras en bras comme une grande poupée molle.

— Elle est étourdie par les fumées, a fait la grosse voix rassurante, mais elle respire…

Il a ouvert les bras et j'ai bondi. Il fallait faire vite avant que le cauchemar recommence.

Une chaîne acheminait des seaux et des bassines depuis le rez-de-chaussée de l'immeuble. Autour de ma mère s'était formé un cercle si dense qu'il fallait jouer des coudes pour y entrer. Une femme m'a bousculée pour forcer le passage.

— Je m'en occupe ! disait-elle d'une voix autoritaire. Je suis secouriste, je sais ce qu'il faut faire…

J'allais m'engouffrer derrière elle quand Verte m'a attrapée par le bras. Je me suis débattue.

— Lâche-moi ! Il faut sortir ma mère avant que les non-morts reviennent !

Verte a secoué la tête.

— C'est fini. Ils ne reviendront pas.

Elle s'est tournée vers une femme qui cherchait à apercevoir ma mère.

— Je cherche monsieur Fontaine et sa fille. Vous les avez vus ?

La femme lui a jeté un regard intrigué.

— Fontaine ? Le nom me dit quelque chose, mais quoi ?... Il y avait un grand monsieur près d'ici tout à l'heure, avec une jolie petite fille blonde. C'est peut-être lui que tu cherches ? Tu as été voir sur le parking, sous les arbres ?

Elle s'est aussitôt désintéressée de nous. Verte a haussé les épaules.

— Elle a déjà oublié. Tu vas voir qu'ils se demanderont tous ce qui s'est passé et qu'ils s'inventeront une histoire qui les arrange...

— Et Soufi ?

— Avec Euphronie. Suis-moi !

— Doucement ! Ne fais pas de bruit...

Verte s'était agenouillée derrière les troènes. Elle avait l'œil collé à un trou dans la haie.

— Tu vois quelque chose ?

— Chttttt... Ils sont là.

— Qu'est-ce qu'ils font ?

— Aucune idée...

Elle s'est reculée et j'ai pris sa place. Il m'a fallu un petit moment pour reconnaître Mauve et Albin Fontaine-Desfontaines au milieu du parking. Ils paraissaient rétrécis tous les deux. Leurs vêtements, autrefois si propres et si bien repassés, semblaient mités. La mèche arrogante d'Albin tombait tristement devant sa figure, ce qui lui donnait l'air malpropre. Du casque d'or de Mauve, il ne restait plus qu'une tignasse jaune et trouée d'épis. Voûtés, la tête basse, ils avaient perdu cette allure triomphante qui leur avait valu tant de succès.

— Alors ? a murmuré Verte.

— On dirait qu'ils attendent. On s'en va maintenant ?

La vérité, c'est que j'avais peur. Tellement peur que j'étais terrorisée à l'idée de me relever et de partir en courant. S'ils me voyaient ? S'ils couraient derrière moi ?

— Non. On reste.

— Mais ils vont nous voir !

— Et après ? Ils ne peuvent plus rien contre nous.

— Comment tu le sais ?

— Je le sais, c'est tout. J'ai tenu la hache qui a tranché leurs racines.

« J'ai tenu la hache qui a tranché leurs racines » ?

Dans n'importe quelle autre situation, j'en aurais déduit qu'elle était folle. Mais quelque chose dans sa voix me disait que non, elle me parlait d'une autre réalité, et j'avais toutes les raisons de la croire.

— Pousse-toi ! Je veux voir…

Je me suis écartée et nous avons attendu dans le silence de la nuit, elle qui guettait, moi qui gardais les yeux fermés, la tête entre mes genoux.

— Oh… a soufflé Verte. C'est ça…

— Quoi ? Quoi ?

La peur m'a quittée. La curiosité était trop forte. Je me suis levée et j'ai regardé par-dessus la haie. Entre deux des grands arbres plantés au bord du parking, un rayon de lumière rouge dessinait une forme rectangulaire.

— On dirait une porte…

— C'est une porte, a dit Verte.

Elle avait l'air toute simple, avec une poignée blanche, un peu comme la porte de la cuisine chez nous. La lumière passait par les jointures. Sur le parking, Mauve et Albin avaient tourné la tête. Ils regardaient dans la même direction que nous. Alors ils ont eu ce geste étrange et triste : Mauve a tendu la main et Albin l'a prise dans la sienne. Ils sont allés vers la porte, marchant lentement. Albin boitillait. Si nous les avions encore intéressés, ils auraient pu nous voir. Mais ils semblaient déjà très loin de nous. Nous n'existions plus pour eux.

— Ils s'en vont, a soupiré Verte. Enfin.

Albin a tourné la poignée. Mauve a scruté une dernière fois le parking, comme si elle voulait s'assurer qu'elle n'avait rien oublié derrière elle. Puis ils sont entrés dans la lumière, la main dans la main. La porte s'est refermée sur eux. La lumière a baissé en intensité. Elle s'est évanouie. La porte avait disparu.

— Ils sont partis ?

Je n'arrivais pas à croire ce que je venais de voir.

— Ben oui, patate.

— Où ?

— Je suppose qu'ils retournent là d'où ils viennent.

— Comme ça ? Ils s'en vont et c'est tout ?

— Tu voulais quoi ? Une fanfare ? Un feu d'artifice ?

Je n'ai pas osé répondre. Je me sentais idiote. Même s'ils étaient des monstres, même s'ils avaient failli nous détruire, ils étaient passés par cette porte la main dans la main, comme deux créatures qui avaient été vivantes et qui avaient connu le soleil du jour. Ils avaient perdu et nous avions vaincu. Pour cette raison, j'aurais voulu leur dire au revoir.

— Il faut y aller, a fait Verte en me tirant par la manche.

Je l'ai suivie. Mais avant, j'ai regardé l'espace vide entre les hêtres.

— Adieu, ai-je dit. Sans rancune.

— Parle pour toi ! a protesté Verte. Allez viens ! Ta mère va s'affoler.

Ils ont remplacé les meubles, ils ont réparé les portes, ils ont tout repeint et même la salle de bains… Le type qui m'avait prise dans ses bras quand ma mère était sur le bûcher a acheté les pots de peinture. («J'ai pris laqué, madame Clorinda, pour une salle de bains, c'est quand même plus pratique.») Ils se sont mis à quatre pour faire les enduits et passer le pinceau. Impossible de leur remettre dans la tête que le feu n'avait pas pris à l'appartement, ni qu'ils étaient les seuls responsables de sa ruine. («Un départ de feu, madame Clorinda, ça peut arriver à tout le monde.») Ils avaient l'air fiers de rendre service, en bons voisins qu'ils étaient. («C'est bien normal de se donner un petit coup de main, n'est-ce pas madame Clorinda ?») Quand même, je pense qu'ils devaient se sentir un peu coupables pour se donner tant de peine. Mais leur mémoire arrangeait bien les choses. («Si on n'avait pas évacué vos affaires par la fenêtre, il n'en resterait pas grand-chose… Ma femme a beaucoup aidé, vous vous souvenez, madame Clorinda?») Ma mère les regardait faire sans répondre. Il n'y avait plus personne pour lui reprocher son mutisme. («Ta pauvre maman a été très choquée par l'accident, ma petite fille, il faut la comprendre.») La vérité est qu'elle était terrifiée. Elle n'arrivait pas à s'habituer à l'idée que tous ces braves gens d'aujourd'hui étaient ses assassins d'hier. Elle sursautait dès que l'un d'entre deux lui adressait la parole. Elle le fixait avec des yeux égarés et filait s'enfermer dans sa chambre.

— Il n'y aura personne pour leur rappeler ce qu'ils ont fait?

— Tu peux toujours essayer, m'a répondu Anastabotte. Ils te prendront sur une folle. À supposer qu'il leur reste un vague souvenir, ils l'ont enfoui bien profond. Ils n'ont aucune envie de le voir revenir.

Il n'y avait qu'un moyen d'échapper à la gentillesse amnésique de nos voisins. C'était de quitter l'appartement pour nous réfugier chez elle ou chez Euphronie. Là au moins nous pouvions parler pendant des heures de ce qui nous était arrivé. Anastabotte ne se fatiguait jamais de redemander à Verte de lui parler de Gervais. Elle voulait toujours connaître un nouveau détail. N'avait-elle rien oublié? À quoi ressemblait exactement la veste qu'il portait? Elle l'écoutait en souriant et se frottait les mains.

Soufi nous rejoignait quand sa mère acceptait de le laisser sortir et chacun racontait à nouveau sa version de l'histoire. Celle de Verte était la meilleure, et de loin. Elle la confrontait à la voyance de Soufi et ils discutaient, comme deux aventuriers qui auraient été les seuls à avoir marché sur une terre inconnue. Il l'avait entraînée là où elle n'aurait jamais pensé aller. Elle lui avait sauvé la vie, et plus que la vie. Quand Soufi ne pouvait pas nous rejoindre, Verte semblait triste et lointaine. Quand il était avec nous, elle ne s'éloignait jamais à plus d'un mètre de lui. Ils gardaient la main dans la main, comme s'ils avaient peur qu'on les sépare à nouveau.

Quant à Ursule, elle écoutait sa fille sans l'interrompre, les yeux pétillants de fierté. Elle ne le disait pas, mais il était clair qu'elle le pensait très fort : elle était la mère d'une Puissance. Enfin. En comparaison, je me sentais un peu minable. Je n'étais même pas sûre de garder mes deux meilleurs amis... Est-ce qu'ils voudraient toujours me parler, à moi aussi ? Est-ce qu'ils n'allaient pas s'éloigner de moi, qui n'avais pas connu l'entre-deux-mondes ?

— Qu'est-ce que tu racontes ? s'est étonnée Verte. Si tu ne t'étais pas battue contre Mauve, si tu n'avais pas pris ses cheveux, Soufi n'aurait pas découvert les non-morts… Sans toi, nous n'y serions jamais allés.

— On dirait que tu veux faire des classements, a ajouté Soufi. C'est bête.

Ils avaient raison. Chacun d'entre nous avait fait ce qu'il avait à faire.

C'est Ray qui a eu l'idée de la fête.

— Je reconnais qu'il y a eu des dégradations, a-t-il déclaré. Tous ces gens se sont très mal conduits. Mais il faut admettre qu'ils ont réparé. Personnellement, je considère qu'ils ont payé leur dette. Vu que cet affreux bonhomme et sa vilaine engeance ont fichu le camp comme des voleurs, il est temps de faire un geste de réconciliation. Vous n'êtes pas d'accord ?

Personne n'a osé le contrarier. Depuis qu'il est revenu de l'hôpital, tout le monde est aux petits soins pour lui. Résultat : il parade dans une forme éblouissante et il n'en fait plus qu'à sa tête. Bien entendu, il se sentait trop fatigué pour se charger lui-même de l'organisation. Et comme il n'était pas question de demander de l'aide à Clorinda, Gérard a hérité du boulot.

Ce qui est étrange avec Gérard, c'est qu'il n'a jamais reparlé de ce qui s'était passé. Pourtant, il sait à quoi s'en tenir. Euphronie lui a tout balancé le soir de l'incendie, ma mère me l'a dit. Mais il fait comme s'il n'était pas au courant. De temps en temps, il nous regarde d'une drôle de façon. Ou alors il nous parle comme si nous avions une sorte de handicap. Mais c'est tout.

La seule chose qui ait changé chez lui, c'est Ursule. Ils se voient souvent. Ils sont même allés dîner en ville tous les deux, dans un café que connaît Ursule. Je me demande ce qu'ils ont à se dire. À mon avis, ils parlent de Verte. Je lui ai demandé si elle était contente que ses parents s'entendent bien. En vérité, elle n'est pas fâchée mais elle aimerait autant qu'ils ne se remettent pas ensemble.

— Tu imagines... Si je dois encore déménager ! Je me suis habituée, je n'ai plus envie de changer.

Je n'ai pas de père du tout alors j'ai un peu de mal à me mettre à sa place. Mais personnellement ça ne me plairait pas trop que ma mère tombe amoureuse. Ils sont quand même vieux pour être amoureux, à leur âge. C'est un peu ridicule pour des parents, d'être fiancés. Enfin bref, Ursule a proposé à Gérard de l'aider pour la fête.

— Je n'habite pas vraiment le quartier mais je suis la mère de ta fille… Je peux te donner un coup de main. En échange, j'inviterai ma mère et sa copine.

— Ce n'est pas de refus, a répondu Gérard. Je ne m'en sortirai pas tout seul.

Voilà comment la fête des voisins s'est tenue pour la première fois dans notre quartier, sur la pelouse du bâtiment B, sous nos fenêtres repeintes.

Gérard et Ursule avaient installé des tables, posé des nappes de papier blanc et des petits bouquets pour l'ambiance. Ils avaient annoncé un apéritif géant et demandé à chacun d'apporter une tarte ou une salade. Les voisins ont été si nombreux à venir qu'il n'y avait pas assez de chaises et qu'il a fallu récupérer des tabourets dans les appartements. Ils avaient l'air ravis et félicitaient Ray de sa bonne initiative. La dame qui fait des aquarelles lui a offert un tableau encadré qui représente le bâtiment A au milieu des arbres. Ce n'est pas très bien peint mais c'était gentil de sa part.

Celle qui a reçu les plus beaux cadeaux, c'est ma mère. Pourtant, quand elle a vu tous ces gens rassemblés devant chez elle, elle a eu très peur de descendre. C'était normal, à cause du traumatisme. Il a fallu qu'Ursule et Anastabotte aillent la chercher. Elles l'ont accompagnée pour descendre l'escalier. Quand elle est arrivée devant les tables, beaucoup de voisins sont venus vers elle pour lui demander des nouvelles de son appartement et de sa santé. Ils lui parlaient aimablement, comme on s'adresse à une personne qui a vécu des événements douloureux, et d'ailleurs c'était le cas.

Ce qui lui a fait vraiment plaisir, c'est l'arrivée d'Euphronie. Elle portait un grand sac dans lequel elle avait emballé une soupière peinte de petites fleurs roses et bleues, un plat à asperges, un saladier et même une saucière assortis. Franchement, il s'agissait d'une vaisselle assez moche mais ma mère était enthousiasmée. Euphronie s'est assise à côté d'elle et elles ont passé tout le repas à ricaner. Dans un sens, ce n'était pas très poli pour les autres. Dans un autre sens, leur caractère a toujours été ombrageux et sarcastique et on ne peut pas le changer. Nous étions heureux de voir rire ma mère, même si c'était pour se moquer de nous. Elle était redevenue normale.

À la fin du banquet, avant les thermos de café, Ray a fait un discours.

— Mes chers concitoyens rassemblés, a-t-il dit, je vous propose de participer au grand concours du balcon fleuri qui se tiendra dans notre quartier. Les gagnants seront généreusement récompensés par des lots comprenant de superbes plantes d'intérieur et une vingtaine d'extincteurs domestiques. Je suis sûr que vous aurez à cœur de participer pour faire de notre quartier, sinon le plus joli, du moins le mieux fleuri de la ville !

Il a été largement applaudi puis Ursule et Gérard ont distribué des tasses en plastique pour le café.

Profitant de ce que les convives pépiaient, tout excités par le concours, Soufi s'est levé de table et il est allé discrètement saluer ma mère. Depuis qu'il a été enlevé par les Ténèbres, elle l'aime bien, je dirais qu'elle a de la considération pour lui. C'est un peu comme s'ils faisaient partie de la même boutique. Soufi lui a tendu un paquet soigneusement emballé qu'elle a ouvert avec curiosité. Quand elle a vu ce qu'il contenait, elle était tellement contente que ses yeux se sont embués. Je me suis précipitée pour voir…

– C'est trop gentil, s'extasiait ma mère. Tu ne peux pas savoir comme ça me fait plaisir.

Euphronie regardait le paquet d'un air jaloux.

– Il aurait pu l'offrir à Anastabotte ! Elle l'aurait mérité…

— J'ai pensé qu'il revenait à Clorinda, a protesté Soufi. Elle a été leur première victime.

— Si tu vois les choses comme ça, bien sûr, a bougonné Euphronie.

Le paquet contenait une écorce poussiéreuse, blanchâtre et desséchée. Tout l'inverse d'un cadeau. Même la soupière était mieux.

— C'est le cocon, a dit Soufi en croisant mon regard. Celui dans lequel ma vie a été séquestrée. Un objet des non-morts, venu de l'entre-deux-mondes.

— J'ai hâte de savoir de quoi c'est fait, ce machin-là, a remarqué ma mère avec gourmandise. Il y a certainement un tas de trucs faramineux à en tirer…

— Je pourrais l'examiner avec toi ? a imploré Euphronie. Si je promets de ne pas l'abîmer…

L'après-midi était bien avancé. Il me restait une chose à faire avant que se termine cette histoire. J'ai pris un bouquet sur l'une des tables et je suis partie chercher Verte.

Personne ne nous a vues quitter l'assemblée. Nous sommes allées jusqu'au parking. Sous les deux hêtres, l'herbe était plus verte et plus drue qu'ailleurs.

J'ai déposé le bouquet à l'emplacement de la porte et nous sommes restées un long moment sans rien dire, à regarder l'herbe et à penser à Mauve et à Albin Fontaine-Desfontaines, en espérant qu'ils avaient trouvé quelque part la paix des ombres.

Soudain Verte m'a donné un coup de coude.

— Par terre… Autour du bouquet…

Je me suis penchée et j'ai aperçu, courant entre les brins d'herbe, une dizaine de petites créatures diaphanes qui se poursuivaient. Elles avaient l'air de jouer. Les voir m'a emplie d'une joie si grande qu'elle me dépassait.

— Les homoncules…

Verte a souri.

— C'est bien. Ils sont en paix.

Voilà ce que nous nous sommes dit et ensuite nous sommes revenues retrouver l'assemblée. Le soir tombait et les gens avaient repoussé les tables. De la musique sortait à tue-tête par les fenêtres ouvertes du premier étage. Ursule et Gérard ont ouvert le bal. Des couples se sont formés. La dame aux aquarelles a invité Ray à danser. Je me suis assise dans l'herbe et j'ai regardé. Le temps des batailles était terminé.

Du même auteur à *l'école des loisirs*

Collection NEUF
Et Dieu dans tout ça ?
Tu seras un homme, mon neveu
Une vague d'amour sur un lac d'amitié
Verte
La prédiction de Nadia
Le monde de Joseph
Élie et Sam
Pome (la suite de *Verte*)
Babyfaces

Collection CHUT !
Verte, lu par Sylvie Ballul et Anne Montaron
Babyfaces, lu par Frédéric Chevaux

Collection MÉDIUM
J'envie ceux qui sont dans ton cœur
Satin grenadine
Séraphine
Les yeux d'or

Jamais contente (Le journal d'Aurore 1)
Toujours fâchée (Le journal d'Aurore 2)
Rien ne va plus (Le journal d'Aurore 3)
Le journal d'Aurore, l'intégrale